目 录

绪论 ………………………………………………………… 1
  一、宋诗"日常化"研究的意义 ………………………… 1
  二、刘克庄所处的南宋中后期诗坛概况 ………………… 2
  三、刘克庄相关研究现状 ………………………………… 5
  四、主要内容 ……………………………………………… 9

第一章　宋诗日常化的定义 ……………………………… 12
  一、宋诗日常化概念 ……………………………………… 12
  二、关于南宋中后期诗歌日常化的思考 ………………… 20

第二章　刘克庄的多元身份与诗歌分类 ………………… 24
  一、刘克庄的多元身份 …………………………………… 24
  二、刘克庄诗歌分类 ……………………………………… 37

第三章　乡绅刘克庄：诗歌中的家谱书写 ……………… 58
  一、"家谱"在刘克庄诗歌中的呈现 …………………… 59
  二、展现人物身份特征和道德品行 ……………………… 63
  三、藉"家谱"之通抒发性情 …………………………… 69

1

第四章　儒者刘克庄：理学因素对诗歌的渗透 …………… 74
　一、诗歌中的理学家形象 …………………………………… 75
　二、对理学的矛盾态度 ……………………………………… 81

第五章　诗论家刘克庄：诗歌审美"轻清" ………………… 94
　一、极天下之轻清：借丹家之说以论诗 …………………… 95
　二、轻清而虚明：透过王安石对晚唐诗歌的重新体认 …… 99
　三、对江湖诗人的评价 ……………………………………… 104

结语 ……………………………………………………………… 109

参考文献 ……………………………………………………… 117

刘克庄诗歌中的日常化书写

徐静　陈芳　王中昌　王士春　著

武汉大学出版社

图书在版编目(CIP)数据

刘克庄诗歌中的日常化书写/徐静等著.—武汉：武汉大学出版社,2021.9
ISBN 978-7-307-22461-2

Ⅰ.刘… Ⅱ.徐… Ⅲ.刘克庄(1187-1269)—宋诗—诗歌研究 Ⅳ.I207.227.442

中国版本图书馆 CIP 数据核字(2021)第 144261 号

责任编辑:蒋培卓　　责任校对:李孟潇　　版式设计:马　佳

出版发行：武汉大学出版社　（430072　武昌　珞珈山）
（电子邮箱：cbs22@whu.edu.cn　网址：www.wdp.com.cn）
印刷:武汉邮科印务有限公司
开本:720×1000　1/16　印张:7.75　字数:115 千字　插页:1
版次:2021 年 9 月第 1 版　　2021 年 9 月第 1 次印刷
ISBN 978-7-307-22461-2　　定价:39.00 元

版权所有，不得翻印；凡购我社的图书，如有质量问题，请与当地图书销售部门联系调换。

绪　　论

一、宋诗"日常化"研究的意义

宋代诗歌的"日常化"在文学史中经常提到，如袁行霈等主编的《中国文学史》说宋代诗歌总体上"在题材和语言上趋于通俗化，描写平凡、琐碎的日常生活，并采用俗字俚语"①。宋人试图摆脱唐诗的藩篱，"以题材为例，唐诗表现社会生活几乎达到了巨细无遗的程度"，"宋诗在题材方面较成功的开拓，便是向日常生活倾斜。琐事细务，都成了宋人笔下的诗料。比如苏轼曾咏水车、秧马等农具，黄庭坚多咏茶之诗。有的生活内容唐人已经写过，但宋诗的选材角度趋向世俗化，比如宋人的送别诗多写私人的交情和自身的感受，宋人的山水诗则多吟咏熙攘的金山、西湖。所以宋诗所展现的抒情主人公，更多的是普通人，而不再是盖世英雄或绝俗高士"②。在语言上，采用俗字俚语的趋势从杜甫开始，诗中多有议论从韩愈开始，宋代诗人对此承袭，并有新的发展；比如宋诗主要受到禅宗表达方式和禅宗典籍的影响，以俗语入诗，讲求点铁成金，实是为了追求异于唐诗的陌生化效果从而达到诗歌上的创新，但在客观上造成了

---

① 袁行霈等：《中国文学史》，高等教育出版社2005年版，第12~14页。
② 袁行霈等：《中国文学史》，高等教育出版社2005年版，第12~14页。

宋诗语言的通俗化,①《西清诗话》中就说:"诗家不妨用俗语,尤见功夫。"并举"待伴不禁鸳瓦冷,羞明常怯玉钩斜"为例,其中"待伴""羞明"皆是俗语。在风格上,宋代诗人具体不尽相同,然而整体上以平淡为美,苏轼崇尚陶渊明,着眼于"质而实绮,癯而实腴"的特点,黄庭坚推崇杜甫晚年诗歌"平淡而山高水深",这种平淡实际上是一种炉火纯青的境界。

题材向日常化倾斜,语言向通俗化发展,风格向平淡化靠拢,这是文学史上对宋代诗歌特点的界定。显然,对于宋诗"日常化"的特点,只提到了题材这一个方面。由此不由得思考,首先,宋诗题材上的"日常化"到底包含些什么呢?一个常见的回答就是以日常生活的琐事入诗,比如梅尧臣的《食荠》《扪虱得蚤》,苏轼的《汲水煎茶》等诗以生活中的普通事物为题。但实际上,唐代韩愈就已经写过落齿、生病等生活题材,宋诗题材的"日常化"有何转变,使得其成为宋诗的主要特征?其次,宋诗"日常化"不仅局限于题材上的展现,还在于写作模式上和审美风格上,这种写作模式和审美风格又有何新特点?再次,宋诗的"日常化"的例子几乎都是北宋诗人,对于南宋诗歌"日常化"的表现却少有被论及,南宋诗歌的整体风貌是与北宋有所区别的,这种区别如果以诗歌"日常化"这一点论说推演出来,恰好可以作为把握南宋诗歌特点的一个切入点。从诗歌题材上的演变、写作模式的演变、审美风格的演变三个方面分析南宋诗歌,可以看出其在新环境下发生的转变。

目前学界对宋诗的"日常化"尚无一个统一的说法,国内外不少学者对此提出了各自的观点,这在本书第一章将详细介绍。

二、刘克庄所处的南宋中后期诗坛概况

南宋(1127—1279)由于其地理位置的改变,外来民族的入侵和社会环

---

① 参见周裕锴:《中国禅宗与诗歌》,上海人民出版社1992年版,第147~188页。

境的变化,使得其文学现象、文学形态、文学性质上都发生了改变。就文学作品而言,与北宋相较,其数量有增无减,据统计,《四库全书总目》共收宋人别集382家,396种(存目除外);北宋115家,122种;南宋267家,274种。① 就诗歌方面而言,从诗人构成看,南渡初期有陈与义、曾几、吕本中,中期有"中兴四家"陆游、杨万里、范成大、尤袤,后期有刘克庄、戴复古、"四灵"、江湖诗人等,他们的诗歌在北宋江西诗派的余绪和南宋理学争鸣的学术环境中有了新发展。

具体而言,南宋中期指孝宗朝宋金"隆兴和议"签订后,到宁宗朝开禧二年的"开禧北伐"(1164—1206),期间约40年。经过与金人的反复和战,到南宋中期,局势终于逐渐稳定下来,随着"隆兴和议"的签订,大体上形成了南北对峙的格局。这一局面对当时的士大夫心理产生了深远的影响,同时也影响到文学的发展。清人赵翼说:"当时南渡之后,和议已成,庙堂之上,方苟幸无事,讳言用兵,而士大夫新亭之泣固未已也。于是以一筹莫展之身,存一饭不忘之谊,举凡边关风景,敌国传闻,悉入于诗。虽神州陆沉之感已非时事所急,而人终莫敢议其非,因得肆其才力,或大声疾呼,或长言咏叹,命意既有关系,出语自觉沉雄。"② 也就是说,南宋中期的政局虽然相对稳定,但是此时期的诗人仍然以复国为念,诗歌风貌呈现刚健沉雄的一面。同时,江西诗派尚有一定的余力及影响,方回《跋遂初尤先生尚书诗》说:"宋中兴以来,言诗必曰尤、杨、范、陆。"中兴四大诗人中范万里、陆游都是从师法江西诗派入手,但又无一不是从其入而不从其出,最后突破江西的藩篱,从而使诗坛呈现出风格各异的繁荣局面。其中陆游识得"诗家三昧",在南宋与金的战争背景下,在诗歌中融入爱国主义情感,形成了宏肆奔放的风格,他曾师事曾几,又私淑吕本中,突破了江西诗派的局限而融会贯通。杨万里诗歌既有浓厚的生活气息,又富有

---

① 王水照:《南宋文学的时代特点与历史定位》,《文学遗产》2010年第1期,第47~55页。

② (清)赵翼著,霍松林、胡主佑校点:《瓯北诗话》,人民文学出版社1963年版,第79页。

理趣，他早年也是从江西诗派入手，后改习王安石和唐人绝句，而形成自成一体的"诚斋体"，其诗歌活泼自然，饶有趣味。

南宋后期诗坛指自嘉定三年陆游去世，到祥兴二年南宋灭亡（1210—1279），约七十年时间。开禧二年（1206），韩侂胄北伐失败，此年史弥远杀韩乞和，嘉定元年（1208）两国再一次签订了宋金和议，看似又回到了稳定的阶段，但实际上也正在此年，蒙古各族推举铁木真为成吉思汗，建立蒙古汗国，进一步向南扩张，此时南宋政治经济文化走向衰落，由权相把持朝政。宁宗朝史弥远"擅权用事，专任憸任"。理宗在位的四十年间，史弥远、丁大全、贾似道"窃弄威福，与相始终"。随着诗坛大家的相继离世，如范成大卒于1193年、杨万里卒于1206年、辛弃疾卒于1207年、陆游卒于1210年。此外，陈亮卒于1194年、朱熹卒于1200年、洪迈卒于1202年、周必大卒于1204年、刘过卒于1206年、姜夔约卒于1209年。自此，诗歌面貌呈现出新特点，即大家缺失、小家争鸣的状态，并且诗歌愈渐走向俗化。此时期诗人大多逃避现实，以吟咏风月为主，诗坛上主要有以徐照（？—1211）、徐玑（1162—1214）、翁卷、赵师秀（1170—1220）为首的四灵诗派。"四灵"生活的时代程朱理学大兴，诗歌成为明道工具，"四灵"诗人倡导晚唐诗风，意欲矫正，所以刘克庄《林子显诗序》说："近世理学兴而诗律坏，为永嘉四灵复为言苦吟。"另一诗人群是因陈起刊刻《江湖集》而得名的江湖诗人，《江湖集》中诗人生活年代不一，最早的有北宋末年的诗人，但大多数是生活在孝宗到理宗朝，他们身份复杂，有的是布衣诗人而终生流落江湖，有的是隐居不仕的隐士，还有的是官僚。由于大部分江湖诗人才学不足，阅历不深，江西诗派以文字为诗、以议论为诗、以才学为诗的创作方式已经不再适合，所以他们的诗歌以模仿"四灵"为主，以晚唐贾岛、姚合的苦吟诗风为宗，注重诗歌的字句推敲，从而走向狭隘的诗歌创作道路。到了南宋灭亡之际，出现了一批遗民诗人，如文天祥、汪元量、谢枋得、林景熙、刘辰翁、舒岳祥等，他们的诗歌则充满故国之思和哀伤之情。

刘克庄（1187—1269）生活的南宋中后期阶段，侯体健《刘克庄的文学世界：晚宋文学生态的一种考察》在综论中对刘克庄所处的晚宋时代背景作了详细论述，从国家政事和文士心态、国家格局与文人分布、国家学术与文学创作三个方面概括了刘克庄生活时代的政治、地理和学术环境。概括而言，刘克庄作为南宋后期诗坛的领袖，其诗歌创作无论是在数量还是质量上，抑或是诗歌理论上都有一定建树，在一定程度上反映了南宋后期诗歌的创作面貌，他的诗歌批评也反映了此时期诗坛创作中存在问题，刘克庄可以作为考察南宋中后期诗歌的一个切入口。

三、刘克庄相关研究现状

目前学界对刘克庄的研究颇丰，主要围绕刘克庄的诗歌、词、诗话等不同领域。对刘克庄的诗歌主要有两种研究模式：一种是影响论，主要从其生平经历、诗歌继承、儒释道思想、理学学术和地域文化等五个方面对刘克庄诗歌的特征、审美和文化内涵进行了分析；一种是分类分期论，就是通过对题材分类、创作分期的方法对刘克庄诗歌进行研究。

研究刘克庄的专著主要有王明见的《刘克庄与中国诗学》（2004 年），其从刘克庄诗品与人品、作品的思想倾向与美学追求、风格与体裁、继承与发展等方面厘清诗人的诗学脉络；景红录的《刘克庄诗歌研究》（2007 年），主要关注刘克庄关于唐诗风格三种范型的阐述、刘克庄的"唐律"观、刘克庄关于宋诗的论述、刘克庄在江西诗派体系建构中的贡献、刘克庄的词学观、刘克庄的风雅观等；王述尧的《刘克庄与南宋后期文学研究》（2008 年），其研究点在于刘克庄与南宋社会、刘克庄与南宋文化、兼容众体的艺术追求、后村词研究、集大成的诗论等；侯体健的《刘克庄的文学世界：晚宋文学生态的一种考察》（2013 年），其将刘克庄这位南宋重要作家置于晚宋文坛的历史图景中，探讨了地域、家族、仕宦、党争、学术、出版等多重因素对刘氏文学的影响之力，并借助新材料，通过对一个作家个体的观照检验，力图重现晚宋文学的特征和风貌。

从刘克庄的生平经历入手研究其文学特点的,有周炫《刘克庄与王迈、林希逸的文学交游述考》(2004年),指出刘克庄与王迈和林希逸的同门之谊,及刘克庄与王迈的诗歌唱和、相互切磋,与林希逸的论诗论艺。

刘克庄的诗歌创作早期主要来源于"四灵"和晚唐体的影响,后来转入江西诗派、陆游和杨万里以及杜甫、李白、苏轼等更广的学习路径,这方面的研究主要有杨芙蓉《刘克庄对黄庭坚的诗学批评》(2012年),论及刘克庄对黄庭坚人品胸次的赞扬,对其自成一家的文学地位的确认。此外还有王锡九《刘克庄的"锻炼"说》(2007年)、《略论刘克庄在江西诗派体系建构中的贡献》(2007年)等。

从儒释道三家思想来对刘克庄诗歌特征作出分析的研究有很多,比如以儒家思想为主的,有景红录《刘克庄诗歌"情性说"批评》(2008年),该文提出刘克庄受到先秦儒家和宋代的传统诗歌审美趣味的影响,认为诗歌当"吟咏情性",重视诗歌有益于世教的社会作用。景红录《试评刘克庄的"诗歌审美风格论"》(2008年)同前文核心思想一样,认为刘克庄诗歌重视韵味、格力与平淡自然的美学,崇尚诸美兼融与中和适度等诗学旨归都是来自儒家传统。景红录《论刘克庄诗人主体论的道德化倾向及其他》(2008年)认为刘克庄以儒家的伦理道德作为评判诗人诗作的标准,强调诗人的人格力量、学问和静心的心态等,也是从儒家思想出发研究刘克庄。还有从释道思想切入的,如孙培《刘克庄诗歌中的释道二教》(2013年)梳理了与刘克庄交往的释道人物,以及其诗歌中出现的前代释道故事或人物,在歌咏人物、赠答诗、写景抒情诗中体现的释道两家思想,并提到"学诗如学仙"的诗歌理论,但没有继续深入研讨。何忠盛《论刘克庄诗学对天成之美和平淡之风的追求》(2010年)认为刘克庄诗歌崇尚天成之美和平淡之风分别受老庄自然哲学观和理学人性论的影响。何忠盛《论道家自然美学观与刘克庄的"本色"诗论》(2014年)分析了老庄的自然美学观对刘克庄自然天成的诗歌审美的影响以及对于"本色论"的构建。此外还有王明建《从老庄到刘克庄:"自然"美学观的发展之路》(2007年)等。

刘克庄所处的南宋中后期时代也与理学密不可分,周炫《刘克庄与艾轩、湘乡学术渊源探究》(2014年)指出刘克庄对艾轩学派"锻炼"学说的继承,对湘乡学派"情性"理念的秉持。何忠盛《论刘克庄的理学思想与文学创作》(2015年)从理学本体论的角度认为刘克庄诗歌中对"气"的强调在诗歌中表现为作家人格的力量,以及《易经》"静定"思想对其主张"治心"的影响。吴晟《南宋文学批评的"以性情为本":对刘克庄的考察》(2015年)从刘克庄对江西诗派的批评入手,认为这显示出刘克庄与理学之间的相即相离关系。

地域文学和文化研究是近年来对刘克庄研究的重要角度,侯体健关于刘克庄的研究成果颇丰,其《刘克庄诗文中的地域印记及其精神归宿》(2010年)一文论述刘克庄寓居莆田时,其诗歌中家乡的自然风物如乌山石、徐潭等带有的象征意义,荔枝成为其诗歌中独特的意象,故乡、青春、放逐、归隐等主题影响到其诗文的题材、意象、主题和风格。另一篇论文《刘克庄的乡绅身份与其文学总体风貌的形成——兼及"江湖诗派"的再认识》(2011年)对刘克庄的乡绅身份定位,将围绕其身边的主要文人群体分为挚友亲人、学子晚辈、当地官僚和游士僧道四个部分,由此可以看出晚宋文学生态,地域和身份的转变使得文学主题发生衍变,文学创作态度转变为疏离政治和游戏诗文。还有《刘克庄的文化性格与其文学精神的塑造》(2011年)从刘克庄诗歌中雄奇的笔力、旷达的心境、闲逸的性情、日常的书写四个方面进行研究,其中日常的书写表现出生活的细节,如衣冠形态、自身病痛等,这些日常书写指向生命的真率,是生命的本真体现。另外,侯氏还有《论刘克庄晚年诗歌主流——从"效后村体"谈起》(2012年)一文,认为刘克庄诗歌主流是"七律""村居""组诗"这三个关键词,其晚年诗风趣向是"自觉次韵"和"唱酬次韵",并形成了组诗的诗歌创作风貌,这也是刘克庄晚年交游、切磋和情感寄托的主要方式。孙培《论刘克庄〈梅花百咏〉唱和活动的多重意义》(2014年)从刘克庄与前后二十余位缙绅先生、江湖社友参与的《梅花百咏》唱和出发,指出这次唱和活动拉近并加深了以刘克庄为中心的福建地域士人关系,是唱和诗社会元素的浓缩体现,以及背后展现的爱梅、咏梅的文化意蕴。

对刘克庄诗歌分类分期研究,有杨艳宏的硕士论文《刘克庄病中诗研究》(2016年),该文讨论了刘克庄病中诗的创作情况,分析了其病中诗所反映出的对国家命运的担忧、对亲友之情的眷念和对命运无常的感慨等情感思想,以及背后隐含的政治态度、佛教思想和道家思想等。胡旭《论刘克庄的悼亡诗词》(2016年)谈论了刘克庄对原配林氏的怀念之作好用典故与书面语等文学创作特点。张红花、张小丽《论刘克庄的咏史组诗》(2010年)以刘克庄《杂咏一百首》为中心,认为其中体现出他作为史学家的人本精神和批判意识,以及对女性的真挚情感。此外还有沈洪良硕士学位论文《刘克庄咏物诗研究》(2011年)等。

另外刘克庄的诗论研究也是重点。其诗学理论主要有诗话研究,如赖洪兵的硕士学位论文《刘克庄〈后村诗话〉研究》(2013年)指出刘克庄论诗的本质是"诗本情性";诗人要有高尚的道德修养;诗要重立意、师法和句律。并对刘克庄诗论中对陈子昂、李白、杜甫、梅尧臣、苏轼、黄庭坚、西昆体、"四灵"、江湖诗人的评价作了整理和分析,指出刘克庄认为江湖诗人在近体上下工夫,而失之"轻清华艳"。牟鹭玮的硕士学位论文《后村诗论精神研究》(2002年)指出其诗论与宋代理学之间的关系,并将其与《沧浪诗话》进行了对比。阎君禄的硕士学位论文《后村诗论和诗歌创作研究》(2003年)增加了对刘克庄诗歌的主题取向和艺术特点的研究。还有对刘克庄诗学的系统研究,如王明建的博士学位论文《刘克庄诗学研究》(2003年)细致地将刘克庄"唐体论""诗外功夫""锻炼说""师法"观等进行了较为全面的论述。

从近年来对刘克庄诗歌的研究现状来看,学者的研究主要集中在思想、学术和地域三大领域。刘克庄的诗歌批评和理论也是关注的重点。但是还未有涉及刘克庄诗歌的日常化特点的相关研究,本书结合刘克庄的身份特征,对其诗歌中的"日常化"书写作出不一样的解释,希望对刘克庄的诗歌和诗论研究有所补充。

四、主要内容

第一章为《宋诗"日常化"的定义》，目前学界的相关研究有日本吉川幸次郎《宋诗概说》，他提出宋诗"日常化"的特点在于以"日常琐务"为诗和日记体的形式。川合康三《半夜钟——诗话所见诗歌观念的转变》认为宋诗的"日常化"在于紧密联系现实生活，打破以往的诗歌范式。浅见洋二《"形似"的新变——从语言与事物的关系论宋诗的日常性特点》在川合康三基础上提出偶然性和多样性。美国柯霖《凡俗中的超越——论欧阳修诗歌对日常题材的表现》指出欧阳修的创作不局限于宋诗中表现日常生活内容，还有对其的超越。朱刚《"日常化"的意义及其局限——以欧阳修为中心》，指出用"日常化"定义宋诗的局限。此外还有林岩《一个北宋退居士大夫的日常化写作——以苏辙晚年诗歌为中心》等。在前辈学者的研究基础之上，本章针对南宋中后期诗歌中的特点作了概述，认为目前学界关于宋诗日常化的研究对象多为北宋诗人，对南宋诗人诗歌的书写方式和内容的日常化特点研究不足，并由此对宋诗"日常化"的特征提出了思考。

第二章以南宋中后期诗人代表刘克庄为中心，从刘克庄的多元身份入手，认为他集诗人、诗论家、词人、儒者、官僚、乡绅等身份为一体。以前对刘克庄的研究都集中于他的词人身份和诗论家身份，对其词的创作和《后村诗话》研究颇多。近年来，学界开始从诗人和乡绅的身份入手解读刘克庄，认为刘克庄诗歌带有地域性特点，如侯体健的《刘克庄诗文中的地域印记及其精神归宿》。笔者认为学界对于刘克庄的研究是从某一特定身份入手的，而缺乏对刘克庄的整体认识，如果从刘克庄的多元身份和其日常生活的角度重新解读诗歌，或许是研究刘克庄的一条新路径。比如刘克庄除却这些社会身份外，在家庭中又是父亲、丈夫，在他晚年生活退居莆田时，又多描写自己的闲居状态，颇有闲人的意味。在这些不同身份下创作的诗歌代表了诗人不同的立场，表现出诗人复杂的感情，而使得诗歌呈现不同的风貌。

第三章描写作为乡绅的刘克庄注重宗族的维系，组织进行了修谱活动。刘克庄多年奉祠退居莆田，与族弟刘希仁（居厚弟）交往颇深，在他的日常生活中，还多与王迈、林希逸等地方家族人物交往。刘克庄诗歌中常常以"谱"来定位人物身份，这种表现首先反映在其挽诗中，比如《挽高孺人太傅郑君荐母》中"溯源高适谱"、《挽郑判官一桂》中"族谱康成裔"。其次笔者发现刘克庄在写家谱的诗歌中暗含着人物交往的文化意蕴，比如借家谱、族谱的相通或接近来拉近人物距离。不仅如此，刘克庄也借谱系的相通性，如自己与晋代刘伶之间的关系，来抒发日常生活中好酒和真率的性情。家谱本作为一个家族内部联系的凭证，但是刘克庄在诗歌中却将其运用到更广的生活领域。

第四章写刘克庄与理学的关系。刘克庄诗歌中展现了许多理学士人及其日常生活，与理学大家相比，刘诗中更多的是对普通下层理学士人的刻画，如供职于书院的山长、教授、主课、助教等，这种对下层理学士人描写诗歌的增多，反映了南宋中后期理学的世俗化。显然刘克庄与理学士人交往频繁，对下层理学士人抱有钦佩和同情，这也促进了理学对其思想的影响。所以刘克庄常常在诗中以"小儒""老儒""寒儒""野儒"自称，但与此同时，刘克庄又与理学保持一定距离，这种矛盾的反应实际上是刘克庄处于不同人生阶段时对理学的不同态度：当他年轻时力图为国效力，认为隐居不仕只能是"腐儒"，而当他政治失落时，又回到理学的怀抱，以德行修养、颜子瓢箪为乐。在这里可以看到，理学世俗化以后，理学因素对诗歌的渗透作用增强，刘克庄对下层理学士人的描绘，反映了南宋中后期大多平凡理学人物的普通生活和心理变化，与理学大家相比，他们的形象更为丰满、更具有生活气息和真实性。而刘克庄自身对理学的矛盾态度，也折射出理学对于诗人的影响更加明显，从而推动了诗歌向"日常化"一面发展。

第五章写作为诗论家的刘克庄对诗歌审美"轻清"的认识。本章先辨析"轻清"的含义，一方面是刘克庄借丹家之说来比喻诗歌创作，另一方面是其对王安石诗歌的认识,他说真仁夫诗歌"简淡而微婉,轻清而虚明,有唐人、半山之思",笔者整理刘克庄诗歌时发现其多处化用王安石诗歌,同时这种"轻清"的诗歌审美对江湖诗人的诗歌创作有一定影响。刘克庄的"轻清"审美主要来源于日常生活与曾极、黄天谷等丹家的交游,这是将丹家之说审美化以后运用于诗歌理论上。

总括而言,本书从日常生活的角度切入,对刘克庄多元身份进行剥离,分层次对刘克庄不同身份时的生活状态进行梳理,然后以其乡绅、儒者、诗论家的三种身份为例,试图说明刘克庄的日常生活与诗歌创作、诗歌理论之间的关系,从而阐释南宋中后期诗歌日常化的特点。

第一章 宋诗日常化的定义

宋诗日常化的提法已经有许多学者相继提出,但对宋诗日常化的概念界定却不尽相同。日本学者吉川幸次郎、川合康三、浅见洋二,美国学者柯霖(Colin Hawes),我国学者朱刚、林岩等,都对宋诗的"日常化"各自发表了见解。于2017年在厦门大学举行的国际中青年学者研讨会中,即以宋代诗歌与日常化为主题,张剑、马东瑶、汪超、周剑之等学者从不同角度阐述了宋诗日常化的特征。从目前学界对宋诗日常化的研究来看,学者主要是以日常琐事和日记体的记录方式来定义日常化的。同时,他们的研究对象又多是北宋诗人,对南宋尤其是南宋中后期诗歌的日常化讨论不足。由此,南宋中后期的诗歌在日常化这一基点上有何特征?这是本章关于宋诗日常化的思考。

一、宋诗日常化概念

(一)唐宋转型论话语下的宋诗日常化概念

为什么会注意到宋代诗歌有日常化的倾向?这是因为由中唐到宋代,政治、经济、文化各个方面都发生了重大转变。换言之,宋诗"日常化"须注意到从中唐到宋代转变的历史背景,否则任何时代的诗歌都可以在题材上找到反映当下时代的"日常"。日本学者内藤湖南(1866—1934)首先提出了著名的"宋代近世"说,作为京都学派的奠基人之一,他构想出以唐宋"转型论"为核心的宋史观。他在《中国近世史》里说:"中国的近世应该从什么时候算起,自来都是按朝代来划分时代,这种方法虽然方便,但从史学角度来看未必正确。从史学角度来看,所谓近世,不是单纯地指年数上与当代相近而言,而必须要具有形成近世的内容。"①从中唐开始,可以算作内藤湖南"近世"说的起点,"近世"的特点在于人们的生活方式发生了改变,而与现代生活比较接近了,由此文学的风貌也开始有了一些变化,比如在创作倾向上有了尚奇、尚俗的审美意识。内藤湖南又在《概括性的唐宋时代观》一文中指出唐宋之间的变化:贵族阶层在宋代开始没落,取而代之的是庶民出身的士大夫阶层的上升;经济上由唐代的物物交换发展为货币经济;思想方面也由训诂之风转而为理性思考和批判怀疑的精神。这种唐宋间的变化反映在文学上,主要有两点:一是俗文学比如戏曲、小说等创作意识明显,人们对世俗生活的热情促进了俗文学的发展;二是文学的创作主体主要由贵族转变为士大夫,士大夫主要是由庶民身份晋升而来,他们对于世俗的关注影响到了文学的发展和流变。内藤湖南的"近世论"从历史学的角度说明了唐代到宋代的政治、经济、思想、文化、生活等方面都发生了深刻的变化,这种历史的具有划时代意义的变化正是宋诗"日常化"概念提出的物质基础和前提条件。

中国学者虽未像日本学者那样直接提出唐宋"转型"的论断,但是他们仍然敏锐地察觉到了从中唐开始的文学与此前相比发生了较为明显的转变。比如陈寅恪先生认为韩愈在唐宋文化转型中起到重要作用,比如诗歌上以文为诗、好议论、写日常事物的特点,都对宋代欧阳修、梅尧臣等人的诗文创作有很大影响,从而"开启赵宋以降之新局面"②。陈寅恪先生已经意识到宋代是以"新局面"的面貌出现的。其他学者也相继提出唐代到宋

---

① [日]内藤湖南著,夏应元等译:《中国史通论》,社会科学文献出版社2004年版,第315页。

② 陈寅恪:《金明馆丛稿初编》,上海古籍出版社1980年版,第288页。

代的转型问题,如吕思勉、柳诒徵。钱穆先生把中国历史划分为"三大变",其中第二大变化"唐末五代结束了中世,宋开创了近代",已经直接提出宋代开创了近代这一论断。

在日本和中国两国学者对宋代具有转型意义这样的基本判断之下来审视宋代诗歌,不难发现,宋代诗歌的主要创作者是宋代士大夫,这与中唐以前的贵族阶层作为诗歌的创作者身份是有显著差别的。宋诗表现的是宋代士大夫这一阶层的日常生活,他们的思想、文化、感情和思考,以及他们的生存环境,这显然与中唐以前诗歌主要表现贵族的日常生活有本质上的不同。基于此,宋代诗歌的"日常化"才作为宋诗的一个主要特征而被提出来。

(二)目前学界对宋诗日常化概念的界定

宋诗主要倾向于宋代士大夫日常生活的展现,然而宋诗中的"日常化"仅仅表现于题材上吗?目前学界对此问题都提出了各自的观点,但尚未有一个统一的定义。

日本学者吉川幸次郎(1904—1980)在论及此问题时,把宋诗的日常化定义为"从前诗人加以忽略或视而不见的日常琐务","司空见惯,被认为过于普通平常而不能入诗的身边杂事"①。他列举了苏轼诗《小儿》写自己家人家庭,王安石诗《酬冲卿月晦夜有感》描写汴梁的城市生活,以及秦观出身乡野,对农事田园生活的描写。这些诗歌内容都是从"日常琐务""身边杂事"入手的。显然,吉川幸次郎认为日常化就是描写宋代士大夫生活中的枝末细节,这些生活中的细节以诗歌的形式呈现出来,就构成了宋诗的"日常化"特征。同时,他认为"宋代人的生活环境,与中国此前的生活环境有划时代的变化,而与现代的我们比较接近"。"与现代的我们比较接近"表现在宋人诗歌写作中,就呈现出诗歌"日记式"的写作方式。

---

① [日]吉川幸次郎著,郑清茂译:《宋诗概说》,联经出版事业公司2012年版,第36页。

川合康三的《半夜钟——诗话所见诗歌观念的转变》也是基于宋代诗歌中的转变这一基点展开论述的。文中指出宋代诗话中关于"半夜钟"的讨论,这反映出了宋代诗歌重视现实的诗歌观念,他说:"事实与诗句之间的关系之所以会成为人们讨论的问题,就是因为那种构成文学的牢固的框架开始松动了。""文学开始被理解为一种与日常生活接壤的东西。这就是人们所说的宋诗的日常化,那些从未使用过的题材、感情、思考突然闯入到我们的文学传统中来。正因为限定诗歌的框架解体了,诗歌与现实之间的屏障拆除了,所以人们开始追问诗歌是否符合现实这一问题。"川合康三对宋诗"日常化"的解释以宋诗与现实的关系为出发点,指出以往的诗歌是一种"规范"内的诗歌,而到了宋代,诗歌表现出了传统文学中所没有的题材、感情和思考,打破了传统文学的规范和环境,诗歌从中解脱出来,与现实结合得更加紧密了。

浅见洋二《"形似"的新变——从语言和事物的关系论宋诗的日常性特点》一文在川合康三的基础上,从宋代"形似"论中语言与现实之间的对应关系角度出发,进一步指出,"日常性"是"一种处于'规范'之外的现实。与处于'规范'之内的单一、固定、必然的现实相反,处于'规范'之外的现实更趋于多样性、偶然性"①。

美国学者柯霖(Colin Hawes)和中国学者朱刚教授都以北宋诗人欧阳修为中心,继续阐释宋诗的"日常化"问题。柯霖在《凡俗中的超越——论欧阳修诗歌对日常题材的表现》一文中提出欧阳修在题材"日常化"的同时,还追求诗意上的某种超越性。"欧阳修吟咏的日常事物,一定总能唤起一个与之不同的世界,或者因其外形而与之有关的东西,或者因其出产之地。他一定要不遗余力地在庸常的存在中发现奇崛,同时又不否认存在的真实和必须。"②这说明欧阳修诗歌在描写日常生活内容时,表现出对日

---

① [日]浅见洋二著,金程宇、[日]冈田千穗译:《距离与想象:中国诗学的唐宋转型》,上海古籍出版社2005年版,第260~261页。

② [美]柯霖(Colin Hawes):《凡俗中的超越——论欧阳修诗歌对日常题材的表现》,见朱刚、刘宁:《欧阳修与宋代士大夫》,上海人民出版社2007年版,第156页。

性内容的超越。

朱刚在《"日常化"的意义及其局限——以欧阳修为中心》一文中解释宋诗"日常化"时以宋初的《二李唱和集》为例，谈到李昉、李至唱和内容"无非是读书、抄书、生病、齿落、须白、喝酒、下棋、访友、栽竹、养花、喂犬、苦热请假等日常生活，还有移床向阳，卧床看书等细节，以及江南'麦光草'做的席子，一种稀见的海红花，诸如此类琐碎之物"①。这与范仲淹、欧阳修为代表的"庆历士大夫"以天下为己任的社会责任感形成鲜明对比，并论及欧阳修为纠正这种士风作出的努力。朱刚认为宋初诗歌表现出的"日常化"特征延续了唐代白居易的"闲适"类的诗歌特点，不过这种延续是片面的，因为白居易的闲适诗多少还流露出对政治的关心，而宋初诗人如晏殊、李昉、李至，虽身居高位，却把日常生活和社会责任分得很清楚。到了欧阳修的时代，社会责任开始充斥着日常生活，表现出了与宋初以闲适为主的日常生活的迥异区别。显然，朱刚对"日常化"的解释建立在了同一时代不同身份的士人对日常生活的态度有所不同的认识基础上，就算是同一个人也可能有前后区别的，如欧阳修晚年开始醉心于佛禅，而与早年的抱负斗志大相异趣。所以前人提出的以"日常化"作为宋诗的总体特征，在这点上反映出了它的局限性。

朱刚的另一篇文章《论苏辙晚年诗》中也提及日常化的概念。苏辙晚年的十二年中除去崇宁二年（1103）避居汝南外，其余时间均闲居颍昌府，一直从元符三年（1100）遇赦北归，到政和二年（1112）去世为止。其间他创作了三百七十余首诗歌，在北宋末期诗歌史上占有重要地位。其中最引人瞩目的就是苏辙明确标有日期或节气的诗歌作品，"这是苏辙有意识这样做的"。在文章最后他指出苏辙诗歌的日常化意义："诗材的日常生活化本是宋诗的总体倾向，但这个倾向在晚年苏辙的笔下则发展到某种值得深思的境地。日常生活在诗里不是随意地被写到，而是相当完整的、具有立体感

---

① 朱刚：《"日常化"的意义及其局限——以欧阳修为中心》，《文学遗产》2013年第2期，第51~61页。

的呈现。……详细而确定的年月日表达了作'史'的意识。"①朱刚敏锐地注意到了苏辙诗中标记日期的特点,日常生活在苏辙笔下形成的是一种完整的、有意识的呈现,而非随意的记录,这与吉川幸次郎提出的"日记式"的宋诗写作方法如出一辙。不过,朱刚对此作出的解释是苏辙日常化诗歌中暗含其关心政治的一面,是以《春秋》笔法来写诗。

林岩对朱刚提出的"苏辙创造的《春秋》诗法"表示认可的同时,又从苏辙晚年的经济状况和生存状态等实际问题入手,将苏辙晚年诗歌"日常化"的特征更加凸显出来。他在《一个北宋退居士大夫的日常化写作——以苏辙晚年诗歌为中心》一文中认为,苏辙晚年所作的诗歌,其中有标明具体日期的作品,有的记录了当天的天气情况,反映出苏辙晚年对农业的关注,有的则是对生活中若干事件的记录。"他实际上是在为自己的晚年生命撰述历史。"②在这里林岩和朱刚一样,都针对苏辙晚年诗歌提出了"史"的概念,编年体史书的特点即是按照事件的顺序来编排事件,苏辙晚年的诗显示出这样的特点,即带有"日记体"的记述方式。林岩关于宋诗"日常化"的论述实际上也是吉川幸次郎"日记式"写作方式观点的延伸,不过他以苏辙、陆游的晚年诗歌作为研究对象,进一步缩小了宋诗"日常化"的规定范围,其实也就将宋诗"日常化"更加具体化了。

在2017年于厦门大学举办的第四届宋代文学同人会暨国际中青年学者文学研讨会,就以宋代诗歌与日常化为主题。张剑首先在《日常生活史与中国古典文学研究》中说研究诗歌的日常化不是在于琐碎和片段,日常生活史的视角是"关注事件背后人类的生活情趣和生存智慧"。其《情景诗学:理解近世诗歌的另一种路径》注意到宋代"日常化"表现为"大量转向日常琐细生活中要诗料,诗歌成为其生活和生命的自然反映,以及诗歌语言的俗化,诗歌话语空间的地域化和私人化,诗人身份的下层化"等。

---

① 朱刚:《论苏辙晚年诗》,《文学遗产》2005年第3期,第51~63页。
② 林岩:《一个北宋退居士大夫的日常化写作——以苏辙晚年诗歌为中心》,《华东师范大学学报》2017年第6期,第89~102页。

马东瑶《论宋代的日记体诗》提出两宋时期的大量诗歌有出现标志日期的特点，日记体诗是重"记录"而非"隐私"。东晋陶渊明、南朝江总偶有为之；杜甫起到了推动作用；中唐元白发扬光大；北宋梅尧臣、司马光、宋祁、苏轼及苏门诗人扩展了日记体诗歌的书写；至南宋，日记体诗歌大量增加。代表人物有陆游、杨万里、范成大、周必大、周紫芝、岳珂、文天祥等，其中陆游是日记体诗歌创作的里程碑式人物。日记体成为宋诗中显著的诗歌类型，其重要特征是记录意识和时间意识。但是日记体诗不是简单生活的记录，"平"与"奇"的相悖才是日记体诗最为人称道之处。马东瑶在该文中还以陆游的"风雨大作"诗等诗为例，分析了背后的政治隐喻等问题。

汪超《日常活动的非日常叙述：杨万里的阅读生活》以杨万里的日常活动为中心，指出阅读生活并非只是书斋生活，而是涉及日常生活的多样性，如习惯性阅读、休闲型阅读、应酬性阅读等。杨万里诗歌的日常性表现在经常将普通日常生活和阅读生活区隔开，在阅读空间里呈现审美化以及以物质性细节突出非日常性，从而营造出特殊的审美意境。

周剑之《切的诗学：日常镜象与诗歌事境》认为以往对宋诗日常化的讨论，多从题材入手，"题材的选择固然关键，不过诗人对题材的处理亦不可忽视"。他注意到宋诗中那些对非日常题目的日常化处理，如吕本中的《兵乱后自嬉杂诗》，也是日常化的表现。诗歌日常化的特点有三点：一是诗人对于真实呈现日常生活的主动追求，二是具体细节的呈现，三是诗人视角从拥有鲜明的在场感而转入日常感。

此外，还有刘宁的《盛衰与日常：对欧阳修诗文之异的一种观察》，李贞慧的《记录日常或威严庄重：试论欧阳修〈归田录〉的史学意识》，林岩的《洛阳十五年：司马光诗歌里的退居生活与其它》等，都是从日常生活角度入手来研究宋代诗歌。

总之，关于宋诗的日常化已经引起学界的热烈讨论，学者们从各种视角、理论来解读宋诗的日常化，为本书对南宋中后期诗歌的日常化讨论提供了必不可少的研究基础。

(三)宋诗日常化的含义

基于学界上述不同的解释,可以把宋诗的日常化特征综合为以下几点:(1)宋代诗歌创作主体由贵族转向士大夫,士大夫的日常生活情形与现代人相接近,并以"日记式"的写作方式呈现;(2)宋诗中表现的内容是宋代士大夫的"日常琐务""身边杂事";(3)这种"日常琐务"打破了此前的文学传统,而与现实紧密结合,表现出传统文学没有的题材、感情和思考,即被"前人加以忽略而视而不见"的、"司空见惯而过于普通平常的不能入诗"的内容;(4)宋诗内容虽然以"日常琐务"为主,但诗意中表现出了对日常事物的超越,而不是日记形式或流水账似的简单记录;(5)将宋诗"日常化"作为一个总特征来概括宋代诗歌创作,有它自身的局限性,因为就算同一时代、同一个人也会有差异和变化,所以很难用一个整体的概念去解释"日常化"的意义。

宋代诗歌题材上主要表现士大夫的日常生活,以及具有"日记式"倾向的写作方式,即带有"史"性质的整体性、完整性的记录模式,这是宋诗"日常化"特征的两大基本判定标准。"日常化"作为宋诗的总体倾向固然是有道理的,但实际用"日常化"去衡量宋代文人的诗歌风貌又显得模糊不清,空泛不实。正如前面朱刚教授提到,欧阳修的日常生活以"庆历士大夫"的社会责任感为主,而晏殊、李至、李昉等却偏向于悠闲和享乐作为日常生活的内容,而有意保持与政治疏离的姿态。这样看来,如果将他们的诗歌统归于"日常化"的特征,看似没有毛病,实际上却又不准确,毕竟宋代文人的生活经历、思想感情、文化教育、生存环境不尽相同,如若流于"日常化"的总体特征,就难以分辨出他们的诗歌风貌的差别。尤其是诗歌发展到南宋,诗歌中表现的内容和诗歌的写作方法与北宋相比,既有承续,又有新变。上述学界对宋诗"日常化"的界定,也基本是以北宋诗歌作为研究对象而提出来的,这样的界定是否契合南宋诗歌的实际情况?南宋文人的日常生活与北宋相比,有哪些发展、趋势或者明显的变化?从文学的意义讲,这些日常生活中的变化对于诗歌有什么样的影响？这些都值得一一探讨。

二、关于南宋中后期诗歌日常化的思考

与对日常事物的超越相对，或是不同于要在诗歌的"日常化"中发现更深的隐喻，诗歌的日常化可以认为是一种保持书写的惯性。① 这些诗歌不会反映出诗人有多大的感情变化或者心理波动，而就是一种生活的记录。就如朱刚所说，"一个士大夫的日常生活，毕竟不能被政治责任感完全充满"，同样的道理，一个诗人也不可能完全被诗意充满，那些没有多少诗意的诗歌创作仍然在他们的日常生活中发生。如刘克庄的咏史诗，前人多持批评的态度，翁方纲《石洲诗话》就说："阮亭（王士禛）尝谓：后村许专用宋事，毕竟欠雅，盖直作故事入联中。非如《读崇宁长篇》、《题系年录》诸作，咏感时事之谓也。"②批评了刘克庄部分直用故事、缺少感慨的诗作。景红录在《刘克庄诗歌研究》中谈到刘克庄的咏史怀古诗时也说："刘克庄的咏史诗没能继承传统的借古讽今或以古喻今的特点，而只是单纯的排比典故，略加褒贬，缺乏寓意。"而"有一些咏史诗，评论本朝史事，现实针对性强，值得肯定"③。其认为刘克庄的咏史诗没有达到借古讽今的效果，也没有表达自己对史实的感想，只是平淡地记录了史实。这或许可以解释为一种保持诗歌写作的习惯，它不需要多少真实感情融合在里面，然而这种平淡却也是日常生活的一部分。尤其是到了南宋中后期，诗歌被当做一

---

① 此观点受张宏生《日常化与女性词境的拓展——从高景芳说到清代女性词的空间》一文中的观点启发，文中论及高景芳作为一名官宦女子，有不少咏史怀古的作品，"这一类的作品，不必有什么具体的指向，不过是一种泛情而已，也是古人创作的常态，即维持写作的行为，把写作纳入生活情境中"。"日常生活因而也就不存在是不是诗的问题，而是怎么写的问题。"参见张宏生：《日常化与女性词境的拓展——从高景芳说到清代女性词的空间》，《清华大学学报》2008年第5期，第80~86页。
② （清）翁方纲：《石洲诗话》，中华书局1985年版，第74页。
③ 景红录：《刘克庄诗歌研究》，上海古籍出版社2007年版，第179页。

种商品贩卖。这种可以拿来出卖的文章，或是为他人而作的碑版，很难说有文人的真情实感在里面，在这个意义上，诗歌创作也就是张宏生所说，"不是诗的问题，而是怎么写的问题"。然而不可否认，即使是这种非诗意化的书写方式，仍然反映了南宋中后期文人的日常生活。

再如刘克庄奉祠居乡时，他的奉祠身份仍带有官职，所以州县长官会宴请他们出席，如鹿鸣宴。鹿鸣宴源于周代兴贤能的乡饮酒礼，乡饮酒礼是古代嘉礼之一。其礼有四：(1)乡大夫三年大比，献贤能于王，以饮酒礼宾客之。(2)党正索鬼神而祭，则以礼属民饮酒以正齿位。(3)州长春秋两季习射于序，先行饮酒礼。(4)乡大夫、士饮其国中贤者。行此礼目的在于明长幼之序，立孝悌之行，亦为兴贤能，礼遇人才。宋沿唐制，各地在发解举子到省之前，州郡长官都要照例为他们饯行，这种饯行的宴会即鹿鸣宴。在宴会上，大家会作诗若干，以表达希望举子得以高中、前程似锦的祝愿。祝尚书教授认为，鹿鸣宴诗有如下几个特点："首先，由于它是在特定环境(鹿鸣宴)中歌咏特定事件(为举子送行)，众多作者指向相同，而且每次鹿鸣宴也大致相似，故题材狭窄，内容单一空泛，千篇一律。其二，这类作品大多为聊应'故事'，带有强烈的应酬性，无非是说本地文教兴盛，举子多才，故套话充斥。其三是华而不实，既是宠行，固有祈愿语，但开口就是'登魁''夺标'，说客套话的同时还要说大话。"①刘克庄作为当地的乡绅士大夫，参加地方鹿鸣宴上所作的诗歌具有鲜明的应酬性，如《次乡守赵计院鹿鸣宴》："幸际龙飞策士年，灵岩仙水执鞭先。夺标妙文三场称，劝驾诗高万口传。昔添词臣曾草诏，今为乡老预兴贤。春风到耳鳌头选，尚可扶衰侯马前。"②诗中所去赴考的举子是参加咸淳元年度宗即位后的进士首试，此时刘克庄已经致仕居家，以自身的老迈衰弱来衬托举子的春风得意，对举子表达了高中及第和荣耀乡里的祝愿。北宋诗

---

① 祝尚书：《论宋代的鹿鸣宴与鹿鸣宴诗》，《学术研究》2007 年第 5 期，第 126~132 页。
② (宋)刘克庄著，辛更儒笺校：《刘克庄集笺校》，中华书局 2011 年版，第 2187 页。

人也偶有作鹿鸣宴诗,并未形成风气,如宋祁《鹿鸣筵饯诸秀才赴举》、苏轼《鹿鸣宴》、陈师道《和朱智叔鹿鸣席上》,但是到了南宋,鹿鸣宴诗的创作开始增多,周必大、赵汝鐩、范成大、程公许、吴泳、徐经孙、程珌、陈宓、许应龙、林希逸、徐元杰、魏了翁、文天祥等都曾作过鹿鸣宴诗。在一定意义上,参加地方鹿鸣宴、创作鹿鸣宴诗成为了南宋文人日常生活中需要应酬交际的一部分。与鹿鸣宴诗类似的是"送某某西上""送某某赴省",即送人参加省试的诗歌,刘克庄这类诗歌有十几首,相比北宋诗人梅尧臣一首、苏轼一首,数量上也是有所增加。其内容多是客套话,创作模式呈现程式化,无有多少新意和真情实感,实为应酬之作。

刘克庄的家族在莆田早有声名,他在任地方官职时颇有政声,又得以入朝为官,其诗文创作也得到同时代人的赞誉,他的家世、身份、地位引得底层的人物相继拜访,希冀得到刘克庄的赏识,从而获取上升的机会。刘克庄常常为术士、相士等作诗,如《赠徐相师》《赠杨相士》《赠天台陈相士》《赠梅岩王相士》等,其中大部分诗歌的创作目的是抬高相士身价,成为相士干谒权贵的资本,刘克庄在《意一元枢称张君平星术相法,小诗将行》中就说:"吾穷有诗耳,资汝谒公卿。"这些为相士所作的诗歌并不是针对星象本身,重点在于人物的交际。因为刘克庄本身是不相信星象之术的,他在《朱相士赠卷》中说:"余观君造次之言多中,揣摩之论辄差。岂非有心于售术,不若无心而信术欤。……余方以实语规君,君无以虚谈戏我。"①批评朱相士之说为"造次之言""虚谈",他清楚相士不过是抓住权贵希冀功成名就、富贵荣华的心理,而对症下药阿谀奉承权贵,从而获得名利。《赠梅岩王相士》的"传君秘诀须牢记,但道君侯是贵人",但是刘克庄仍然不辞他人之请,为之作诗,可谓是一种人情之故。

这种只是出于写作的惯性或者为人情而作的诗歌,不能简单看作是琐碎化的内容而轻易忽视,因为一个诗人的一生中,他的日常生活不可能永

---

① (宋)刘克庄著,辛更儒笺校:《刘克庄集笺校》,中华书局2011年版,第4149页。

远充满激情,而这些没有激情的创作恰恰是他们日常生活的一种反映。以往的研究都习惯去找有意义的暗含于诗歌背后更深的东西,实际上,无意义的诗歌创作是诗歌成为诗人日常生活一部分后最自然的呈现。诗歌的作用不再局限在"言志"或者"抒情",也可以用于交际,用于记录,而不含多少情感成分,这也是宋诗"日常化"的一面。

第二章　刘克庄的多元身份与诗歌分类

众所周知，北宋诗人身份多元化，大多身兼官僚、士大夫、文人，刘克庄亦是。侯体健已指出："在他的一生之中，主要经历了四种社会身份，即江湖游士、地方绅士（或称'乡绅''地方精英'）、州府长官、朝廷承臣。"①可以说，他是文人，创作了大量诗词，又自称"儒生"，与理学渊源颇深。还入朝为官，关心天下大事。后又退居莆田，以乡绅身份出现。

多样化的身份对其创作影响甚大，侯体健大作《刘克庄的文学世界：晚宋文学生态的一种考察》从地域、家族、朝臣、学术等多重角度探讨了其对刘克庄文学创作的影响。受其启发，本章拟将刘克庄身份分解、还原，并将其相对应的诗歌进行分类、剖析。从刘克庄的多元身份和其日常生活出发重新解读他的诗歌，这或许是研究刘克庄的新角度，由此也达到对刘克庄进行整体认识的效果。

一、刘克庄的多元身份

目前学界对刘克庄的身份定位基本都是从文学的角度出发，如诗人、

---

① 侯体健：《刘克庄的乡绅身份与其文学总体风貌的形成——兼及"江湖诗派"的再认识》，《中山大学学报》2011年第3期，第20~28页。

词人、诗论家,也有学者从社会身份角度把刘克庄划分为地方精英,并从其游士身份、乡绅身份、朝臣身份方面论述刘克庄诗、词、文的创作和文学活动。[①] 的确,刘克庄的身份是多元化的,作为诗人的刘克庄年寿较高,阅历较广,方回《桐江集》卷四《跋刘后村晚年诗》称之为"近世诗人老寿者"。刘克庄又不止在文学上有成就,他也精于史学,宋理宗就称刘克庄"文名久著,史学尤精"。在家庭生活中,他又是以一个父亲的形象出现在诗歌中,展现父子之间的交流和情感。本章即从其不同身份角度入手,试图勾勒还原一个真实的刘克庄。

刘克庄首先是一位诗人,其诗歌创作数量达4550余首。他在南宋中后期文人中年寿较长,享年82岁,官位较高,以龙图阁学士致仕,成就也较大,林希逸评之为"一世大宗工"。他还喜欢奖掖后进,故受到同时代文人的推崇。在南宋后期诗歌中常常可以看到诗人们对刘克庄文学上的赞誉和对其领袖地位的认可,如戴复古《寄刘潜夫》说刘克庄"八斗文章用有余,数车声誉满江湖",汤汉《寄刘后村》说其"文章盖世例如斯"。刘克庄的《南岳诗稿》当时由陈起刊刻后广为流传,是"集本家家有",并受到时人追捧,邹登龙《寄呈后村刘编修》中说"人竞宝藏南岳稿,商留金易后村编。倘令舐鼎随鸡犬,凡骨从今或可仙"[②],武衍《刘后村被召》中也说"细评南岳稿,远过后山诗。才大人多忌,名高上素知"。同时,他的《后村诗话》中提出不少关于诗歌的理论,对诗歌本质"情性"、诗人人品、诗歌具体创作中的立意字句等皆有论述,他主张作诗应取众家之所长,对陈子昂、李白、杜甫、韩愈、柳宗元、梅尧臣、苏轼、黄庭坚、"四灵"、江湖诗人等都有评价,并且强调诗歌中要有大气魄、大力量,这显示出刘克庄对于南宋后期四灵和江湖诗人学晚唐贾、姚一派而沉迷于推敲字句的苦吟之风的

[①] 参见侯体健:《刘克庄的文学世界:晚宋文学生态的一种考察》,复旦大学出版社2013年版。侯体健对于刘克庄的身份划分主要是探讨其文学活动,如游幕生活、诗文酬唱、指点后学、公文及四六的创作,没有集中的对其诗歌创作的探讨。本书是从刘克庄的多元身份出发,主要对其诗歌创作特点进行论述。

[②] 傅璇琮主编:《全宋诗》五六册,北京大学出版社1998年版,第35019页。

第二章 刘克庄的多元身份与诗歌分类

不满,以及矫正诗坛清苦之风所作出的努力。① 除了写诗,刘克庄还擅长写文章,尤其是四六,同时他还是一位优秀的词人,其《后村大全集》中有长短句五卷,共存词258首,刘克庄《自题长短句后》说:"别有诗余继变风",视词的地位与《诗经》"变风"同等。

刘克庄的文学身份历来被后人接受,其实除此之外,他还是一位儒者。在诗歌中,刘克庄就常以"小儒""老儒""寒儒""野儒"等自称,如作于景定十一年的"小儒记得隆兴事,闲对山僧说魏公"(《凤凰台晚眺》),时刘克庄33岁,所以自称"小儒"。老年时则以"老儒"自居,如"老儒无酌献,歌此送迎神"(《神君歌十首》),"窗下老儒衣露肘,挑灯自拣一年诗"(《岁晚书事十首 其六》),可见刘克庄一生中都不忘自己儒者的身份。除了以年龄特点来定位自己的儒者身份之外,刘克庄还从自己的生活状态、生活环境来加以形容,如"寒儒赖有雪映,贫女那无绩光"(《又和后九首 其三》)中的"寒儒"即说自己作为儒者的穷困,"野儒枯槁无师授,传得单方服荔枝"(《樗庵采荔其一》)中的"野儒"是说自己非传统理学正派出身,是相对"师授"的非师传而言。目前学界对刘克庄与理学的关系研究颇多,从刘克庄家学传承自祖父刘夙、叔祖刘朔,父亲刘弥正、季父刘弥邵与理学的渊源,师承自理学家真德秀,与汤汉等真德秀门人交往,与艾轩学派林光朝门人林希逸的交游,以及莆田地方学术的浸染等多个方面考察了刘克庄与理学之间的关系,从而探讨理学对刘克庄诗歌和诗论的影响。② 诚然,刘克庄与理学有千丝万缕的关系,他也以儒者自居,他喜欢表达"浴乎沂,风乎舞雩,咏而归"的快乐,如他在《丁酉重九日宿顺昌步云阁绝句

---

① 关于刘克庄《后村诗话》的研究有很多,此不再赘述,参阅王述尧:《刘克庄研究》,复旦大学2004年博士论文。赖洪兵:《刘克庄〈后村诗话〉研究》,集美大学2013年硕士论文。杨再喜:《宋人接受柳宗元诗歌在理论上的成熟——以刘克庄〈后村诗话〉为中心》,《古代文学理论研究(第二十九辑)》2009年9月。孙盼盼:《刘克庄〈后村诗话〉对梅尧臣诗歌的批评与接受》,《湖北文理学院学报》2015年第9期,第69~72页。牟鹭玮:《后村诗话精神研究》,四川大学2002年硕士论文。阎君禄:《后村诗论和诗歌创作研究》,四川大学2003年硕士论文。
② 参见王宇:《刘克庄与南宋学术》,中华书局2007年版,第85~187页。

七首,呈味道明府》其三中用风乎舞雩之乐比喻游步云阁之乐:"小休绿树濯清泉,垢尽身轻意欲仙。岂必鲁儒知此乐,舞雩风止在溪边。"①同样又在《次韵刘帅出郊一首》中以此比喻出郊之乐:"竞逐朱轓载酒行,熙熙物态与人情。浴沂我欲寻儒服,涉洧公方厌郑声。试问冶容邀夜市,何如赤脚馌春耕。故山瓜圃应无恙,老去深知愧邵平。"②显示出与理学亲近的一面。但是,刘克庄又与理学保持一定距离,他说:"诗必与诗人评之,今世言某人贵名揭日月,直声塞穹壤,是名节人也。某人性理际天渊,源派传濂洛,是学问人也。某人窥姚姒逮庄骚,摘屈宋熏班马,是文章人也。某人万里外建侯,某人立谈取卿相,是功名人也。"③他把诗人、名节人、学问人、文章人、功名人分得很清楚,其中诗人和理学家身份的学问人更是有明显界限。这就与他自称儒者互相矛盾。其实,这种身份特征是南宋士大夫共有的,与北宋士大夫集官僚、学者、文人为一体的身份特征不同,南宋中后期士大夫的官僚身份逐渐淡化,同时在另一方面由于受理学的影响,其学者的身份又得到了强化。北宋的理学和文学尤其是诗歌的界限还是分明的,拿黄庭坚、秦观等人和周敦颐、二程相比,前者列入《宋史·文苑》,后者列于《宋史·道学》,泾渭分明。虽然黄庭坚颇有理学渊源,他是李常的外甥,范祖禹的学生,李、范二人在思想上都与理学相近,但是黄庭坚的理学家身份与诗人身份相比,诗人身份还是压倒性的,其诗歌中的理学气息也较少。④ 但是南宋中后期文人的身份特征更为复杂,从《宋元学案》中所列的理学流派和渊源来看,许多诗人都被纳入其中,有的甚至不只一个流派渊源,如王迈列于真西山学案,洪咨夔列于邱刘诸儒

---

① (宋)刘克庄著,辛更儒笺校:《刘克庄集笺校》,中华书局2011年版,第1049页。
② (宋)刘克庄著,辛更儒笺校:《刘克庄集笺校》,中华书局2011年版,第738页。
③ (宋)刘克庄著,辛更儒笺校:《刘克庄集笺校》,中华书局2011年版,第4520页。
④ 关于黄庭坚的理学身份,参见周裕锴:《宋代诗学通论》,上海古籍出版社2007年版,第139页。

第二章 刘克庄的多元身份与诗歌分类

学案,王迈和洪咨夔又都擅长作诗,分别存诗 475 首、1003 首。洪咨夔在《秋怀其一》中说:"理曲多添瘦,停诗不减穷";又《新秋药名其一》:"已甘草诏元无分,只苦耽诗久欠功";又《东屯》:"农家不解诗翁趣,只道丰年了纳官"。既自称"诗翁""耽诗",又理曲添瘦、停诗不穷,在诗歌与理学之间呈现出一种看似矛盾的状态。

刘克庄还是一位官僚。他的一生仕途坎坷,前后四起四落,立朝凡不足五年时间。他的大半生都在外居官,或者奉祠里居。自宁宗嘉定三年(1210)庚午调靖安主簿(22 岁),至十五年(1222)壬午考举合格,于第二年赴行在改秩(36 岁),刘克庄的青年时期基本上都在幕府中度过。刘克庄曾先后四次入幕,计约八年的时间,分别为袁燮隆兴府幕府、李珏江淮制司幕、胡槻广西桂帅幕、真德秀福建幕。刘克庄在幕府虽是主簿、录事参军这样的文官,但他有强烈的正义感和责任心,如他早年所作的《北来人二首》其一:"试说东都事,添人白发多。寝园残石马,废殿泣铜驼。胡运占难久,边情听易讹。凄凉旧京女,妆髻尚宣和。"其二:"十口同离北,今成独雁飞。饥锄荒寺菜,贫着陷蕃衣。甲第歌钟沸,沙场探骑稀。老身闽地死,不见翠銮归。"①诗中对战乱中流离失所的百姓抱有极大的同情。此诗常被作为名作收录于宋元明代的诗歌选本中,这是刘克庄早年对战事的亲身经历和所具有的真情实感在诗歌中的表现,反映出作为官僚的刘克庄对当时政治的积极参和对时事的热切关心,从而在诗歌中表现出了自己的政治身份和社会责任。刘克庄不仅对于流离的百姓流露出同情,也为战争中丧生的战士感泣:"二将同时死,路人闻亦哀。力穷麋转急,围厚突难开。战骨寻应在,残兵间有回。伤心邮递里,隔日捷书来。"②(《二将石俣、韩仔》)战士以生命换来的捷书令刘克庄痛心。对于南宋朝廷和戎签订条约,刘克庄亦感愤怒和不耻,他说:"诗人安得有春衫,今岁和戎百万

---

① (宋)刘克庄著,辛更儒笺校:《刘克庄集笺校》,中华书局 2011 年版,第 5~6 页。

② (宋)刘克庄著,辛更儒笺校:《刘克庄集笺校》,中华书局 2011 年版,第 27 页。

缣。从此西湖休插柳,剩栽桑树养吴蚕。"①(《戊辰书事》)诗中对南宋朝廷以岁币和戎之举进行了强烈的批判。而常年的征战需要士兵,刘克庄诗歌中清楚地记录了征兵的闹剧,将文人招来学习弓箭,农夫招来操戟:"调发年多籍半空,虎符招补至闽中。庄农戎服来操戟,太守儒装学拍弓。去日初辞乡树绿,到时愁见戍旗红。募金莫作缠头费,留制衣袍御北风。"②(《闻城中募兵有感二首 其一》)在幕府中对战事的亲身经历激发了刘克庄对政治的抱负,他希望自己可以为国献策。端平二年,时49岁的刘克庄除枢密院编修官兼权侍右郎官,七月轮对进二札,就谏言朝政失于私与宵小动摇正论,并极言济王事,他说:"服天下莫若公,今也失之私;镇天下莫若重,今也失之轻。"③《宋修史侍读工部尚书龙图阁学士正议大夫致仕莆田县开国伯食邑九百户赠银青光禄大夫后村先生刘公行状》记之言:"柄臣坏朝纲,开边衅,残贼贪饕侥幸之俗不可回,诸贤起而当之,天人未应,陛下遂疑君子而思小人。曾肇有言:上意渐变。臣思此语,可谓寒心,愿陛下坚凝初意,无使宵小辈动摇正论,则天下幸甚。"在朝的刘克庄热衷于向上称述自己的政见,实际是作为官僚的刘克庄自身责任的展现。后来刘克庄仕途多舛,端平三年遭中书舍人吴泳、监察御史吴昌裔疏罢。嘉熙三年(1237,51岁)刘克庄知袁州时,由于友人方大琮言济王事太切,为殿中侍御史蒋岘论列并刘克庄及王迈罢疏黜;淳祐元年(1241,55岁)侍御史金渊劾之;淳祐元年(1243,57岁)除右郎官,以濮斗南疏罢;淳祐十一年(1251,65岁)监察御史郑发以观望论列,除职与郡,尤是再言梅花旧话。但仕途的不顺并没有让刘克庄放下士大夫的责任感,反而时常流露出对国事的关心,直到晚年时仍忧心国事,《七十四吟十首》其七:"黠儿蒙

---

① (宋)刘克庄著,辛更儒笺校:《刘克庄集笺校》,中华书局2011年版,第60页。
② (宋)刘克庄著,辛更儒笺校:《刘克庄集笺校》,中华书局2011年版,第139页。
③ (宋)刘克庄著,辛更儒笺校:《刘克庄集笺校》,中华书局2011年版,第2533页。

第二章 刘克庄的多元身份与诗歌分类

蔽聚群阴,岂料云收杲日临。坏证遗忧与宗社,捷书分喜到山林。擎天毕竟还高手,偎月从初谬用心。客自京师传吉语,放歌不觉有和音。"①上一年(1259)时由于蒙古蒙哥汗围合州战死,宋室得以暂时转危为安,但刘克庄还是表达了其忧患之心。可以说,无论仕途的起与伏,刘克庄始终不忘国事。"老儒那复封侯梦,止愿躬耕看太平"道出了刘克庄的心声。可见,刘克庄一生敢于直面国事,不避责任,这是其作为官僚而具有的身份特征的体现。

与仕宦相对,刘克庄的退居士大夫身份也值得重视。有学者从社会角度将其划分为地方乡绅,② 实际上就是奉祠而退居乡里的士大夫身份。笔者认为刘克庄长期退居莆田,其大部分诗歌创作都是在长期里居时期完成的,这也是南宋士大夫的一个显著特点。③ 南宋官员如周必大、杨万里、尤袤、吕祖谦、楼钥、曹彦约、辛弃疾、真德秀、文天祥等都有过退居的经历,刘克庄在《景定初元即事十首》其三中说:"诸老云台上,人人画一筹。奈何令退士,长抱杞人忧。"④景定为理宗年号,此时刘克庄奉祠居家,所以自称"退士"。《樗庵次前韵一首》又说:"退处依甘身寂寞,进为渠值世休嘉。劾书不似八十老,输税常为第一家。沙盘卦敲鼓卖,村醅退店揭旗夸。千林岁暮俱黄落,梅向其间独放花。"⑤刘克庄退居莆田后,造樗庵精舍,这首诗描绘了自己的乡间生活和怡然心境。又如《漫兴一首》:"生在重华内禅前,红颜倏忽变霜颠。吾虽后辈识前辈,彼以小年疑大年。殇子几曾知寿夭,死人安可语神仙。何须求入耆英社,作老农夫也自贤。"⑥

---

① (宋)刘克庄著,辛更儒笺校:《刘克庄集笺校》,中华书局2011年版,第1659页。
② 侯体健:《刘克庄的乡绅身份与其文学总体风貌的形成——兼及"江湖诗派"的再认识》,《中山大学学报》2011年第3期,第20~28页。
③ "退居士大夫"的提法,来自林岩:《晚年陆游的乡居身份与自我意识——兼及南宋"退居型士大夫"的提出》,《华南师范大学学报》2016年第1期,第29~42页。
④ (宋)刘克庄著,辛更儒笺校:《刘克庄集笺校》,中华书局2011年版,第1672页。
⑤ (宋)刘克庄著,辛更儒笺校:《刘克庄集笺校》,中华书局2011年版,第2008页。
⑥ (宋)刘克庄著,辛更儒笺校:《刘克庄集笺校》,中华书局2011年版,第2015页。

道出了退居乡里自作农夫的生活状态。

其实在刘克庄的个人生活中，他的父亲身份更显得真实、亲切、可爱。他写给长子强甫的诗歌有22首，此外还有与强甫庚韵的诗歌；写给次子明甫的诗歌有16首。这类诗歌创作带有浓烈的真情实感，反映出刘克庄真实的心理和作为父亲的特殊情感。比如在诗歌中表现对孩子的谆谆教诲，流露出为人父者对孩子的关怀，如《忆强甫》：

> 临歧约共屠苏酒，及饮屠苏汝未归。纵使举头瞻日近，可堪返顾见云飞。索长安米难淹久，回剡溪船果是非。别后安书如束笋，眼穿新岁雁来稀。①

强甫为刘克庄长子。此诗前有《送强甫注籍》"翁迫崦嵫迟暮景，儿看风雪短长亭。早归共举屠苏酒，莫爱西湖柳色青"②，推测强甫去了苏杭一带。这首《忆强甫》是承强甫去后想念而作。屠苏酒，又叫"岁酒"，是于除夕守岁时饮用的酒。诗中说与强甫约定守岁之时回家共饮屠苏酒，但是到了除夕强甫还未归家，"别后安书如束笋，眼穿新岁雁来稀"，刘克庄盼望孩子归来时望眼欲穿的样子跃入眼前。这很容易使人联想到现代社会中过年时候，家人特别是父母盼望孩子归家的场景，在继"日记体"作为宋诗日常化的特点后，这种同样与现代生活非常贴近的场景和人物心情，也可以视作日常化了。同样写给长子强甫的还有《强甫西上》："平进差贤似躁求，乃翁岂不为儿谋。今寒畯士难京秩，古子男邦亦小侯。翘馆讵宜频造请，孤山虽好勿淹留。谁言此老心如铁，临别无端作许愁。"③此诗当是刘克庄送

---

① （宋）刘克庄著，辛更儒笺校：《刘克庄集笺校》，中华书局2011年版，第1198页。
② （宋）刘克庄著，辛更儒笺校：《刘克庄集笺校》，中华书局2011年版，第1188页。
③ （宋）刘克庄著，辛更儒笺校：《刘克庄集笺校》，中华书局2011年版，第1421页。

强甫西上参加省试而作,从诗中可以看出,刘克庄为强甫出仕道路做打算,但又对强甫出门远走感到不舍,这也是一位父亲矛盾的心理,既有对孩子事业的支持和希冀其成功的愿望,但又因孩子的离开而心情失落,"谁言此老心如铁,临别无端作许愁",正可以从这种矛盾心态中看到刘克庄为人父者的内心柔软之处。这种情感不只体现在对长子强甫身上,刘克庄对次子明甫还更有溺爱的一面,试看《送明甫初筮十首》:

> 三间参佐廨,昔也处先公。矮屋儿无叹,翁生矮屋中。
> 守相卿耆旧,相逢必霁威。渠宁私邑子,汝勿视翁归。
> 禄米皆前定,分铢不可添。园葵莫争利,邻枣亦伤廉。
> 宁游屋溪畔,勿傍盗泉边。监竹不食笋,先贤样在前。
> 莫叹家庭远,卿侯即父师。尚于吾缱绻,定不汝瑕疵。
> 先绪微如线,未知谁亢宗。翁犹惭父祖,汝可复惭翁。
> 十载脾神厄,何曾食有鱼。击鲜徒浼汝,遗鲊适忧吾。
> 记取元城语,南州热异常。别无卫生诀,止酒是丹方。
> 博士今儒彦,遥知讲席重。汝宜束脩往,吾亦执经从。
> 汝幼不努力,忽为三十余。勉旃教汝子,要付善和书。①

明甫为刘克庄次子,送明甫初筮,即是送明甫第一次外出做官。此诗即明甫出门前,为人父的刘克庄对明甫的一些嘱咐,如告诫明甫不可贪图别人利益,"园葵莫争利,邻枣亦伤廉";在外要好好珍重,不要想着回家,"莫叹家庭远,卿侯即父师";要尊重当地的儒彦,"汝宜束脩往,吾亦执经从"。但是这些嘱咐并不像传统士大夫一样保持父亲威严的态度,其中流露出颇多真情,如对明甫并没有望子成龙的心态,他说"翁犹惭父祖,汝可复惭翁",刘克庄认为自己都没有做到光宗耀祖,那么也就不对自己

---

① (宋)刘克庄著,辛更儒笺校:《刘克庄集笺校》,中华书局2011年版,第1206页。

的孩子有特别高的要求,又说"汝幼不努力,忽为三十余。勉旃教汝子,要付善和书",善和书即藏书,刘克庄还是勉励明甫要好好学习。除了学习的教导之外,还叫明甫要保重身体,因为南州天气炎热。此时明甫已经三十多岁了,但是透过诗歌来看,刘克庄还是将其视为小孩一样千叮万嘱,其实这种心态与现实生活中家长的心态一样,在父母眼里,无论孩子多大,都还是个孩子,这可以看出刘克庄对孩子的疼爱。同时,刘克庄又是一位开明的家长,他没有把要争取功名利禄的希望寄托在孩子身上,而是从自身没有多大作为的角度出发,推己及人,也不强迫其子有所作为,这当中表现出刘克庄对孩子稍加溺爱的心情。抛却国家大事、社会正义,不管人情世故、道义之交,在刘克庄的个人日常生活当中,真情的流露就体现在这最真实的场景当中。

在展现家庭温情的同时,刘克庄还是一位文人墨客,诗歌中常表现出他对砚台、书籍的喜爱,也透露出了刘克庄的个人兴趣爱好。如《获砚》:"二砚温如玉琢成,信知天地有精英。马肝紫润尤宜沐,鸲眼青圆宛似生。未爱潘郎呼作友,便教米老拜为兄。今年几案多奇获,应是穷儒命渐亨。"对砚台的仔细欣赏、细致描绘,把砚台视作穷儒转运的诙谐话语,真切地表达了自己得到砚台而如获至宝的心情。又如《曝书一首》表现刘克庄对书籍的重视:

> 秋斋近午气尤炎,命仆开箱更发奁。虫蚀阙文劳注乙,岚侵脱叶费装黏。云迷玉帝藏书府,日在山人炙背檐。谁道闲居无一事,袒衣挥扇曝芸签。①

曝书,即在每年适当的时节,通常是在伏天或秋初天高气爽的时候,将藏书从室中取出曝晒,以驱杀书蠹(俗称"书鱼子"),北宋丞相文彦博

---

① (宋)刘克庄著,辛更儒笺校:《刘克庄集笺校》,中华书局2011年版,第136页。

(1006—1097)就曾参加过秘书省的"曝书宴"(《墨庄漫录》)。司马光(1019—1086)读书堂藏书,一般每年都在"上伏及重阳间,视天气晴明,设几案于当日,所厕群书其上,以暴其脑"(《澹生堂藏书约·聚书训》序)。北宋诗歌中也多有曝书的记载,如刘敞的《酬宋次道忆馆阁曝书七言》,苏颂的《和宋次道戊午岁馆中曝书画》,晁补之的《戊子六月十三日曝书得史院赐笔感怀》等,但是这些关于晒书的诗歌创作大多由馆阁文人群体完成,并且带有唱和的交流性质和文人雅集的人文旨趣。而到了南宋中后期,晒书成为了个人化、私人化的活动,并于生活场景中展现出来,如陆游《曝书偶见旧稿有感》。刘克庄的这首诗歌,写乡下天气炎热,命仆人开箱取书,书因陈放久了而被虫蛀掉有阙文,封面装帧也有脱落的现象,自己敞开衣裳拿着扇子扇书的场景都非常生动。

刘克庄还是一个闲人。退居乡里的生活是平淡的,但刘克庄却能于平淡中发现趣味,平淡之事与生活之趣在刘克庄诗歌中得到了统一。比如他常常喜欢在诗歌中记录日常生活的场景,写猫儿捕燕、被蚊子咬,写不擅长种兰花,写自己懒、眼睛昏花、健忘的身体状态,无疑都将诗歌进一步推向了"日常化"的书写。如写自己被蚊子烦扰的场景,与北宋诗歌比较就能看到区别:

  昔曾蹴龙象,而况尔区区。敢以一只口,当吾七尺躯。□生形猥琐,扑杀血模糊。欲换秋衣着,渠犹恋布襦。①(刘克庄《蚊二首 其二》)

  南州时令舛,冬月有蚊飞。岂是为饥祟,因而触祸机。照尤嫌画烛,驱尚入罗帏。吾母音容远,何妨用扇挥。②(刘克庄《冬蚊》)

  向晚化污积,群飞来户庭。蠛蠓许巢睫,琥珀为留形。夜色遍容

---

① (宋)刘克庄著,辛更儒笺校:《刘克庄集笺校》,中华书局2011年版,第2328页。
② (宋)刘克庄著,辛更儒笺校:《刘克庄集笺校》,中华书局2011年版,第2445页。

蔽,雷音亦感听。犹矜负山力,血食也沾醒。①(梅尧臣《蚊》)

蚤虱蜂虿罪一伦,未如蚊子重堪嗔。万枝黄落风如射,犹自传呼欲噬人。②(秦观《冬蚊》)

江城落木已穷秋,病客初寒欲袭裘。暗室飞蚊犹扑面,不知天上火西流。③(张耒《秋蚊》)

北宋诗人梅尧臣、秦观、张耒都写过蚊子,梅尧臣的《蚊》写一群蚊子到处飞,发出嗡嗡声响的恼人场景;秦观的《冬蚊》将蚊和蚤、虱、蜂、虿等虫子对比,带有议论的色彩;张耒的《秋蚊》重在表现秋的到来。而刘克庄两首写蚊的诗歌,就非常具有生活场景化的特征,前一首写蚊子咬了自己一口,再拍死蚊子后其血肉模糊的样子,想换件长袖的衣服穿,免得穿短袖衣服露出胳膊来被蚊子咬的心理。后一首写冬天蚊子用蜡烛来驱之,但无论如何都驱赶不走,这时候传来母亲的声音:用扇子把蚊子赶走。梅尧臣是北宋诗人中将诗歌推进日常化的一位重要诗人,他把日常生活中的琐碎小事纳入诗歌,而刘克庄的诗歌与之相比,则更加具有生活的场景和气息。此外,刘克庄还喜欢吟咏身边的小动物,如猫就是他非常喜欢的,他注意观察到猫儿的外貌和行动,如《猫捕燕》:

文采如彪胆智非,画堂巧伺燕雏微。梁空宾客来俱讶,巢破雌雄去不归。莺闭深笼防鸷性,蝶飞高树远危机。主人置在花墩上,饱卧徐行自养威。④

---

① (宋)梅尧臣著,朱东润校注:《梅尧臣集编年校注》,上海古籍出版社2006年版,第870页。
② (宋)秦观著,徐培均笺注:《淮海集笺注》,上海古籍出版社1994年版,第1464页。
③ (宋)张耒著,李逸安等点校:《张耒集》,中华书局1990年版,第528页。
④ (宋)刘克庄著,辛更儒笺校:《刘克庄集笺校》,中华书局2011年版,第226页。

写猫儿通身花纹看起来很厉害,但实际上胆子很小,智力也不高,它想去扑梁上的燕子,又想和笼里的莺鸟玩耍,还喜欢和蝴蝶来去嬉戏。猫儿活泼的性格一下子展现出来。又如《诘猫》:"古人养客乏车鱼,今汝何功客不如。饭有溪鳞眠有毯,忍教鼠啮案头书。"①战国时候冯谖客孟尝君,弹铗而歌谓出有车,食有鱼,诗人以此为典说古人还缺车和马,现在你这只小猫咪吃的饭食不错,睡的地方有毛毯盖,怎么还能让老鼠横行呢。这表面上是责备之词,实际却对猫儿流露出喜爱之情。当猫儿丢失后,刘克庄还专门为其写诗,字里行间透露着失猫之后的失落之情,《失猫》中说:"饲养年深性已驯,攀墙上树可曾嗔。击鲜偶羡邻翁富,食淡因嫌旧主贫。蛙跳阶庭殊得意,鼠行几案若无人。篱间薄荷堪谋醉,何必区区慕细鳞。"②刘克庄在诗中回忆饲养已久、已被驯服的猫儿,它攀墙上树的样子真的很可爱。但是现在却丢失了,是不是嫌弃主人家贫?又描绘没有猫儿后青蛙跳阶、老鼠横行的场景,最后感慨猫儿为何要走呢。这种对日常事物的细致刻画和真实情感,反映出诗人对生活的热爱,以及诗歌写作本身已成为日常生活的一部分。刘克庄也常常描绘自己年老的精神状态和身体状态,如《健忘一首》:"昏昏健忘废专精,默坐空斋忽自惊。少作回看如两手,旧书重读似前生。却疑安世知三箧,不晓睢阳记一城。莫怪诗成呼烛写,晓窗追忆欠分明。"③写自己年老发昏健忘的身体状况,在书斋坐着走神,看自己以前的作品如同出自两人之手,看过的旧书也如同没有读过,怀疑汉代的张安世如何能记得武帝所失三箧书的内容而补之,唐代将领张巡守睢阳时如何能一遍便将城池记熟。招呼人秉烛也要立刻将诗歌写下来,只因为年老健忘而害怕不复此记忆。随着身体的衰老,刘克庄也感

---

① (宋)刘克庄著,辛更儒笺校:《刘克庄集笺校》,中华书局2011年版,第352页。

② (宋)刘克庄著,辛更儒笺校:《刘克庄集笺校》,中华书局2011年版,第431页。

③ (宋)刘克庄著,辛更儒笺校:《刘克庄集笺校》,中华书局2011年版,第241页。

到眼睛生翳昏花了,《目眚》中说:"一秋窗下少书声,目眚缠绵久未平。大德三麻如昨日,善和千卷付来生。聃兮虽视如无见,藉也于心固不盲。吹却残灯抛蠹简,拥衾危坐待天明。"写自己眼睛昏花而不废诗书,所藏之书只得待来生再看,吹灭烛火后,一个人在书斋默默坐等天明。又如《懒》也写年耄的状态:"向来乐此不为疲,太息龙钟迫耄期。鼓未挝三先就睡,书才数叶已停披。护篝妾喜烘衣晏,拂袖宾嗔倒屣迟。一事切身犹自力,扶衰抱瓮灌园葵。"①因为年迈,做事力不从心的状态也成为刘克庄的诗料,被写进诗里。

总之,刘克庄的身份是多元化的,他的诗歌创作常常体现出不同身份的立场,从不同身份视角去展现日常生活,表达日常情感。

二、刘克庄诗歌分类

关于刘克庄诗歌分类情况,王述尧将刘克庄的诗歌创作时期分为两期,以62岁为界,前期主要以《后村居士集》五十卷为代表;后期以《后集》《续集》《新集》为主。前期诗歌主要学习"四灵",好作小诗,诗风清新;后期广学诸家,如李白、杜甫、高适、岑参、韩愈、白居易、梅尧臣、苏轼、黄庭坚、杨万里、陆游等,兼取唐宋各家之长。开始注重对诗歌字词的锤炼,诗歌风貌不拘一格。或是将刘克庄的诗歌题材划分为政治诗、咏怀诗、咏史诗、咏物诗、田园诗、写景诗、挽赠诗、题跋诗、节俗诗等。② 景洪录将刘克庄诗歌分为时事类诗、田园杂兴类诗、咏史怀古类诗、咏物类诗、纪行游览类诗、其他类诗。③ 为方便研究,本书主要从刘

---

① (宋)刘克庄著,辛更儒笺校:《刘克庄集笺校》,中华书局2011年版,第2087页。

② 参见王述尧:《刘克庄与南宋后期文学研究》,东方出版中心2008年版,第18~83页。

③ 参见景红录:《刘克庄诗歌研究》,上海古籍出版社2007年版,第156~187页。

克庄的儒者身份、官僚身份、乡绅身份、家庭生活中扮演的不同角色、诗论家身份等方面来对其诗歌作出分类。

(一) 儒者身份

1. 与理学士人交游的诗歌

刘克庄师承真德秀门下，又与理学士人交往频繁，其中与林希逸、洪天锡、徐明叔、汤汉交往甚为密切。刘克庄与林希逸的赠答、唱和诗歌约140首，与洪天锡、徐明叔交游的诗歌各约30首，与汤汉交游的诗歌约13首。除此之外，还包括与其他有名气抑或底层儒士的交往，共计21人，兹列刘克庄相关诗歌如下：

卷数(页码)	诗歌	理学人物	简介出处
卷四 256	《怀李敬子》	李燔	《宋元学案》卷六十九
卷六 390	《访李公晦山居》	李方子	《宋元学案》卷六十九
卷七 404	《挽水心先生》	叶适	《宋元学案》卷五十四
卷八 456	《再题钟贤良咏归室》	钟贤良	居简《送钟贤良序》
卷八 460	《别宋斌文叔》	宋斌	《宋元学案》卷六十九
卷八 472	《和答北山》	陈孔硕	《宋元学案》卷六十九
卷八 474	《挽楼旸叔二首》	楼昉	《宋元学案》卷七十三
卷九 525	《挽潘柄》	潘柄	《宋元学案》卷六十九
卷九 549	《蒋迈说易》	蒋迈	阙
卷九 552	《蔡伟叔讲通书》	蔡宣子	王迈《题名士蔡伟叔宣子文集》
卷一三 773	《和吴教授投赠二首》	无考	阙
卷一六 912	《夜读乐平吴燊书钞用与伯纪韵》	吴燊	阙
卷一六 928	《题余干姚三锡书钞》	姚三锡	阙
卷二一 1189	《题吕广文春秋易传》	吕大圭	《宋元学案》卷六十八

续表

卷数(页码)	诗歌	理学人物	简介出处
卷二二 1211	《题张元德著作春秋解二首》	张洽	《宋元学案》卷五十
卷三三 1796	《送方善夫赴鹭洲山长二首》	方至	刘克庄《跋蒋广诗卷》
卷三四 1821	《送龙岩林主学》	林子济	刘克庄《林德遇墓志铭》
卷三七 1999	《送潮阳方主学》	方梅卿	刘克庄《跋方梅卿和御制闻喜宴诗》
卷三八 2030	《送婺教林伯良兼柬直卿山长》	无考	阙
卷三八 2031	《方岩尹主课渔溪》	方晋	刘克庄《送方岩尹父子西上》
卷四四 2304	《送方汝楫客授严陵》	方用	《景定岩州续志》

由此可知，刘克庄交往的理学士人数量颇多，其中不乏理学名士，但也有不少供职于书院的教授、山长、主课等处于下层的理学士人。下面简要介绍刘克庄交往的这些底层儒士生平。

李燔，字敬子，号弘斋，南康军建昌(今江西永修)人。他在绍熙元年(1190)中进士，被授予岳州教授，未前去任职。绍熙三年，李燔跟随朱熹在考亭书院等地讲学。朱熹曾经以"行远需要坚毅，而肩负重任贵在志向远大"这句话勉励李燔，这也就是李燔自号"弘"的来源。李燔对于人生出处有自己的思考，他曾经说，普通人不必把获取功名士禄作为自己的功业。只要按照个人能力大小，多做有助于他人的实事，可谓有功业。他还说，即使官至卿相，也不能失去素朴的本体。这一理念在其为官生涯亦有所体现，李燔曾在担任江西运司干办公事之时，招安乱寇，修筑江堤，造福百姓。朱熹对李燔极为赏识，他曾从"广结益友、学业精进、正直淳朴、做事一丝不苟"多个方面赞扬李燔，并指出他日传播他的道义之人必为李燔。李燔去世后，赠直华文阁，谥号文定。宋人将他与黄榦(朱熹弟子)并称，为"理学黄李"。

李方子，邵武军（今福建邵武）人，字公晦，号果斋。李方子年幼时跟随叔父阔祖、相祖、壮祖就学于朱熹，从小受到理学的熏陶。朱熹曾告诉他，为人少过，但宽宏待人时要有规矩，和缓决策时要果断。因此，他以将斋名改为"果斋"。嘉定七年（1214）中进士，担任泉州观察推官。适时真德秀任泉州知州，他与真德秀常常讨论经术。以师友相称。真德秀曾经对他人赞扬李方子，他说李方子学问深邃而心气平和，善于经术，亦经世致用，每遇大事，必然咨询李方子的意见而后施行。朱熹去世后，李方子刊印朱熹的著作《资治通鉴纲目》，撰写《资治通鉴纲目后序》。李方子为人正直，又与真德秀交好，因而后遭丞相史弥远等人中伤，被罢官归乡。李方子一生著述丰富，撰写了《禹贡解》《传道精语》《紫阳年谱》等。李方子推动朱子学说的发展，在传承程朱理学过程中担任重要历史角色。元代虞集《云岩书院记》对此有相关介绍，他称赞李方子坚守朱子之学，终身力行。清代蓝鼎元亦指出，朱熹学说传承至真德秀、陈淳、李方子诸人，可谓有宋一代福建儒生甲于天下。

叶适，字正则，号水心居士，温州永嘉人。淳熙五年（1178），叶适中榜眼。曾担任平江府观察推官、太学博士、尚书左选郎、国子司业等。作为永嘉学派的代表，叶适认为"道"在"器"中，不赞成"理在气先"，主张功利的学问，反对空谈。在政治上，他主张抗击外敌，限制贵族特权，以解决南宋国力衰弱的危机。永嘉事功学派、朱熹理学与陆九渊心学为"南宋三大学派"。叶适有《水心先生文集》《水心别集》《习学记言》等。叶适离世后，赠光禄大夫，谥号"文定"（一作忠定）。

宋斌，其生平资料较少，从《宋元学案》卷六十九可知，其为袁州人，年少时曾跟随黄榦、李燔就学于朱熹。一生羁旅他乡，生活困顿。

陈孔硕，字肤仲，一字崇清，侯官（今福建福州）人。早年跟随张栻、吕祖谦，后以朱熹为师，备受朱熹称赞。淳熙二年（1175）中进士，曾任调州户曹、处州教授、吏部架阁、礼部郎中等职位。在任期间工作勤勉，体恤百姓，锄奸佑民。后敌寇胡海勾结金兵，他招募死士击破。著有《中庸解》《大学解》《北山集》等，因而被称为"北山先生"。

楼昉，庆元府鄞县（今浙江宁波）人，字旸叔，号迂斋。绍熙四年（1193）进士，曾任从事郎、宗正寺主簿、直龙图阁等职。楼昉师承吕祖谦，是吕学的重要传承人之一。他著有《中兴小传》《宋十朝纲目》，编纂古文选本《崇古文诀》等。其中，《崇古文诀》选录秦汉至宋代的散文200余篇。篇目较全，评论中肯。

潘柄，字谦之，又称瓜山先生，福州府怀安人。年少就学于朱熹门下，与陈宓、黄榦、刘克庄等交游。潘柄曾说：人心不是存善就是存恶，不可能处在中间的状态。因此某一瞬间没有自省，就可能沉沦而不自知；诸事不是正确就是错误，亦不可能处在中间的状态，因此对某一小事不加省察，就有可能做出误判而不自知。潘柄后在涵江书院、三山书院讲学，著有《易解》《尚书解》《四书讲说》等。

蔡宣子，字伟叔，蔡襄后裔。其生平资料较少，仅知王迈《题名士蔡伟叔宣子文集》有所提及。

吕大圭，字圭叔，号朴卿，泉州南安人。以杨昭复为师，为朱熹的三传弟子。淳祐七年（1247）进士。任著作郎、朝散大夫、尚书吏部员外郎等职。后被已投降元兵的蒲寿庚杀害。他精通《易》《春秋》，著有《易经集解》《学易管见》《春秋集传》《春秋或问》等。

张洽，字元德，号主一，临江军清江（今江西樟树）人。嘉定元年（1208）进士，任松滋县尉、袁州司理参军、通判池州等职。张洽广览群书，通读了大量诸子百家、地理志、佛道典籍。他对《管子》的"思之思之，又重思之，思之不通，鬼神将通之"极为赞赏，认为这就是穷理之根本。张洽为朱熹门人，继承朱熹的理学思想。其交游的有昌祖谦、李方子、真德秀、魏了翁等理学家。嘉熙元年（1237）去世，终年七十七岁。著有《春秋集注》《春秋集传》《左氏蒙求》《续通鉴长编事略》《历代郡县地理沿革表》等。

林子济，一名逢丁，字德遇，莆田人。据刘克庄所撰《林德遇墓志铭》，可知其学尤刻苦而科场失意，后中第三等。曾任吉州文学、漳州龙岩县主学、漳浦令、修职郎诸职。

2. 反映理学思想的诗歌

刘克庄身处的时代背景和周遭环境，以及其家传渊源和人物交往，使得其与理学之间有着天然的联系。刘克庄诗歌中时常常以"儒"自居，如"小儒""老儒""寒儒""野儒""臞儒""腐儒""愚儒""穷儒"等，《凤凰台晚眺》："小儒记得隆兴事。"《神君歌十首》其六："老儒无酌献，歌此送迎神。"《岁晚书事十首》其六："窗下老儒衣露肘，挑灯自拣一年诗。"《又和后九首》其三："寒儒赖有雪映，贫女那无绩光。"《樗庵采荔》其一："野儒枯槁无师授。"《菜地》："依然山泽一臞儒，幸有先畴与敝庐。"《破阵曲》："腐儒笔力尚跌宕，燕山之铭高十丈。"《挽陈师复寺丞二首》其一："愚儒未解天公意，偏寿它人夭此人。"《获砚》："应是穷儒命渐亨。"同时，刘克庄也以"儒"者身份指称他人，如《和徐常丞洪秘监倡和四首》其二："孰是真儒孰盗儒。"《旴士张季携所注三略访西山先生既跋其书余复题二绝于卷尾》其一："张生快士非拘儒。"《挽郑令人二首》其一："乃翁自是里名儒，箴史遗言幼染濡。"刘克庄根据儒者的不同状态，将儒者分为几类：或从年龄和身体上分为"小儒""老儒""臞儒"；或是从思想上分为"腐儒""愚儒""拘儒"；或是从门派正宗与否分为"野儒""真儒""盗儒"；或是从穷达角度分为"穷儒""寒儒"等，表明刘克庄对于儒者的身份是有清晰认识的。

其次是在诗歌中表达舞雩咏归之乐，如《端午五言三首》其三"杂沓今观渡，依稀昔浴沂。居人空巷出，几个咏而归"，写端午节的游乐。《纵笔六言七首》其七"从我辙环衰世，有谁鼓瑟暮春。高弟勇浮海者，圣师与浴沂人"，对浴沂的儒家风尚表达向往。《神君歌十首》其八"泮涣舞雩乐，欢呼祀蜡忙。且记童子咏，莫管国人狂"，亦用舞雩乐比喻祭祀百神时人们出游的和睦场景。《次韵刘帅出郊一首》："竞逐朱轓载酒行，熙熙物态与人情。浴沂我欲寻儒服，涉洧公方厌郑声。试问冶容邀夜市，何如赤脚馌春耕。故山瓜圃应无恙，老去深知愧邵平。"《次韵黄景文投赠三首》其二："记闻荒落语詹谆，惭愧吾侪肯问津。未必夜深埋雪者，得如春暮舞雩人。"从上述诗例来看,刘克庄擅长将理学思想运用于诗歌写作中,而这些诗歌表现的内容正是当下的日常生活场景。

其他还有在日常生活中强调儒家的修养和操守,如《进德》《自警二首》,《贫居自警三首》其二:"一瓢千驷同归尽,莫为浮云错动心。"此外,还包括对汉儒的批评等。

(二)官僚身份

1. 入幕诗歌

刘克庄自嘉定三年(1210,24岁)到端平三年(1236,50岁)期间,除去宝庆元年(1225,39岁)到绍定元年(1228,42岁)知建宁府外,总共约有八年时间在幕府为官。这时期主要有入幕途中的纪行诗歌、幕府任职期间与幕主和幕友的交游诗歌,以及离开幕府后对幕友的怀念、悼亡诗歌。

入幕纪行诗:主要是刘克庄在赴幕府途中根据路程经历所记录的山川名胜等诗,如嘉定十年(1217,31岁)入江淮幕府时,有《武步道中》《浦城道中》《幽居寺》《天目寺》等纪行诗;到金陵时,有《金陵古迹》《凤凰台晚眺》《晋元帝庙》《清凉寺》《冶城》《雨华台》《新亭》《魏胜庙》《吴大帝庙》《铁塔寺》《张丽华墓》等诗歌,主要记录了江淮一带的名胜古迹以及山川风物。嘉定十五年(1222,36岁)入胡槻幕时,刘克庄有入桂纪行诗《发枕峰》《嵩溪寺》《环翠阁》《崇化麻沙道中》《过刘尚书墓》《谢坟》《馆头》《发临川》《安仁驿》《萍乡》《牛田铺大雪》《醴陵客店》,记录了自莆田经闽侯、崇化、临川、丰城、宜春、萍乡,至醴陵的路程。《湘潭道中即事》《谒南岳》《胜业寺》《发岳市》《湘江一首》《烟竹铺》等诗则记录从湘潭至桂州途中的见闻。

宾主交游诗:即刘克庄在幕府期间与幕主和幕友的唱和诗和游览诗。嘉定十五年(1222,36岁)刘克庄入胡槻桂林幕时,与幕主胡槻唱酬甚多,《宋修史侍读工部尚书龙图阁学士正议大夫致仕莆田县开国伯食邑九百户赠银青光禄大夫后村先生刘公行状》云:"八桂佳山水,胡与公倡酬,几成集。"刘克庄有《题胡仲威文稿》为幕主胡槻文稿题诗，同时又与幕友叶岂潜等有吟咏，并览山川如湘南楼、癸水亭、栖霞洞、翛然亭、曾公岩等，皆有诗记录。胡槻，字伯圆，庐陵（今江西吉安）人，胡铨之孙。据《宋会要辑稿》载，胡槻，宋宁宗嘉定二年（1209）为江西转运判官，嘉定七年（1214）为淮西总领，嘉定十四年（1221）知静江府，嘉定十六年（1223）除广西经略使，在任期间政绩卓著。同僚蔡戡《荐胡槻万俟似状》叙其事甚详：

> 奉议郎知雍州胡槻，名臣铨之孙，家学自有源流。其人性资明爽，风力敏强，有志事功，究心职业。前任静江府通判，差权贵、融、象三州，所至辄最，诸司交荐之。邕管极边，控御溪峒，弹压盗贼，最为要地。管下武缘、宣化二县，群盗渊薮，豪猾巨寇，根株蔓蔓，盘固累年，吏不能制。槻到官未久，广设方略，遣人擒捕，戮其渠魁，荡其巢穴，余党鼠窜，境内帖然。比年以来，沿边官吏多为州峒所啖，恣其侵盗，不敢呵问。槻正己律人，无一毫与之交私，示以威信，蛮猺知畏。奸民贩鬻生口，卖出外界，槻力行禁止，此患稍息。蛮人互市，吏卒奸弊百出，槻痛革之，又能节损用度，修葺城壁，建楼屋千余间。除治军器，训练士卒，以备不虞。劝诱州峒士人入学听读，使知忠义。职务具举，课其治效，实为一道之最。①

端平元年（1234，48岁），时为福建安抚使的真德秀辟刘克庄为帅司参议官。真德秀，字景元，后更为希元，建之浦城（今属福建）人。真德秀庆元五年（1200）及进士第，被授予南剑州判官。后又中博学鸿词科，召为太学正。因上书弹劾史弥远而遭罢免，后又被召为户部尚书，改任翰林学士知制诰。《宋史·儒林列传》篇末介绍了真德秀在南宋巨大的影响力："望

---

① 吴相湘撰，黄淮、杨士奇辑：《历代名臣奏议》，台湾学生书局1964年版，第1944页。

之者无不以公辅期之。立朝不满十年,奏疏无虑数十万言,皆切当世要务,直声震朝廷。四方人士诵其文,相见其风采。"①

端平元年夏,真德秀擢升为户部尚书,刘克庄在此间与真德秀、真仁夫、郑逢辰②等相处甚欢,并一起游览鼓山、欣赏画作,有诗《送真西山再镇温陵》《陪西山游鼓山》《鼓山用余干赵相韵》《题真仁夫画卷》《题龙眠十八尊者》《米元章有帖云:老弟山林集多于眉阳集,然不袭古人一句,子瞻南还与之说,茫然叹久之,似叹渠偷也。戏跋二首》《跋周忘机画》等。

怀幕府同僚诗:在刘克庄离开幕府后,仍然有诗歌表达对昔日同幕之人的怀念或悼亡,如在袁燮幕时交游的幕主袁燮、幕友裘万顷、丰有俊等。

袁燮,字和叔,庆元府鄞县(今浙江宁波)人。袁燮深受《后汉书·党锢传》的影响,以东汉名士贞节相期许。嘉定初年,任主宗正簿、枢密院编修等职。袁燮师事陆九渊,他曾对陆氏心学加以修正,认为"人心与天地一本,精思以得之,兢业以守之,则与天地相似"。

裘万顷,字符量,新建(今江西南昌)人。淳熙十四年(1187)进士,后担任吏部架阁、大理司直等职务。裘万顷性情恬淡,不乐仕进,尝赋《归兴》,由此诗可窥其心迹:"新筑书堂壁未干,马蹄催我上长安。儿时只道为官好,老去方知行路难。千里关山千里念,一番风雨一番寒。何如静坐茅斋下,翠竹苍松仔细看。"吴潜《乞裘万顷幸元龙遗泽表》曾赞赏其"清名厚德,矜式士林,博学高文,源流贤派"③。

丰有俊,字宅之,据清代李绂《陆子学谱》可知,其为庆元府(今浙江

---

① (元)脱脱:《宋史》,中华书局1977年版,第12964页。
② 郑伯昌,名逢辰,福之闽邑(今属福建)人。据赵汝腾《提刑郑吏部墓志铭》记载,郑伯昌曾祖父焕赠太师、益国公,祖父珪赠太师、充国公,父亲昭先曾任参知政事、观文殿学士等职务。郑伯昌因得罪史嵩之被贬,后又任江西常平使者,荡寇讨贼,为老百姓所尊重。淳祐戊申年(1248)离世。
③ 曾枣庄、刘琳:《全宋文》三三七册,上海辞书出版社2006年版,第83页。

宁波)人，清敏公稷之裔，从学于陆九渊。刘克庄有诗《挽袁侍郎》《哭裘司直》《哭丰宅之吏部二首》《梦丰宅之》等。于李珏金陵幕时所交黄榦①、黄德常、左次魏、毛易甫、薛子舒、王中甫等，刘克庄皆有诗作，如《哭黄直卿寺丞》《闻黄德常除德安倅》《哭左次魏二首》《忆毛易甫薛子舒》《哭毛易甫》《哭薛子舒二首》《寄汉阳守王中甫》等。刘克庄这类诗歌多怀念当初幕府中与诸幕友的共同生活，是"春风萧寺同登塔，落日荒台共读碑。百史染毫供草檄，万花围席共题诗"(《忆毛易甫薛子舒》)的幕府欢乐，或是"当年出塞共临戎，箭满行营戍火红"(《哭黄直卿寺丞》)的峥嵘岁月，都表达了刘克庄对昔日幕友的怀念之情。

刘克庄的交游诗最能体现诗歌的社交功用以及诗人遣词造语的细腻。幕府同僚往来唱酬，平等论交，诗主情谊；宾主之间身份的差异，则使诗多恭敬之意。

先看第一种情况，如《象弈一首呈叶潜仲》夸赞对方棋艺超绝："我欲筑坛场，孰可建旗盖。叶侯天机深，临陈识向背。……愚虑仅一得，君才乃十倍。"此诗赞颂叶氏之运筹帷幄，己所不敌，将日常对弈写得跌宕起伏，读来令人莞尔。《来至桂州叶潜仲以诗相迎次韵一首》："柘冈西路别君时，几见天涯柳弄丝。横草壮心空忼慨，覆蕉残梦懒寻思。羞将白发趋新府，却忆青山领旧祠。犹有南来奇特事，马头先得故人诗。"诗人以"覆蕉"故事点出自己心中的迷离与茫然，得失无常之间得好友音书，胸怀颇慰。在叶潜仲离世后，刘克庄回忆故人交情，悲不能胜，作诗以遣哀情，即《挽叶潜仲运干二首》，其一为"虽出自貂蝉，清贫雪满颠。若无槐简后，一似布衣然。读久遗编绝，藏深拱璧全。悲乎如此士，不贵又无年"。其二为"俱入平蛮幕，同登出岭舟。交情倾盖尽，世事阖棺休。客致生刍去，家惟断藁留。遥知风雨夜，愁绝老参谋"。悲悼友人清贫如此，却天不假

---

① 黄榦，字直卿，闽县人。《两宋名贤小集》有其生平记载。他的父亲瑀为宋高宗时御史，以正直而闻名。黄榦曾拜师朱熹，朱熹赞赏其"志坚思苦，与之处，甚有益"，并在临死时将个人著述赠予黄榦。黄榦曾在临川、汉阳、安庆诸地为官，施行善政。后被其他官吏排挤而归乡教学，被弟子称勉斋先生，谥号文肃。

年,又回忆二人同入幕府,倾盖如故,进退出处间交情甚笃,如今人去杳然,风雨之夜怎能不愁绝故人呢。

刘克庄与幕主胡槻的诗歌往来则是另一番景致,礼敬之意甚明。《秋日会远华馆呈胡仲威》《题胡仲威文集》两首诗均与之相关,《秋日会远华馆呈胡仲威》:"君侯如长松,折节交藤萝。奇字识夏鼎,古音弹云和。……谬承青眼顾,讵惜苍颜酡。"《题胡仲威文稿》:"熟读执事文,恍如入宝山。瑰异千万种,一一无可删。瑶草既俯拾,珠树亦仰攀。美玉不知数,照映穹壤间。大者中圭瓒,小者堪佩环。居然郊庙器,胡为委荆菅。……何当变姓名,袖出函谷关。"第一首诗将对方比若"长松",与自己交往是折节下交,不同于朋友之间平等相处。而题胡氏文稿的诗作,"宝山""瑶草""珠树""美玉""郊庙器"等,套语迭出,颇有吹捧之嫌。刘克庄虽为耿介之士,然作为幕僚,与幕主之间地位悬殊,衣食皆依于人,作诗终究多有美化之辞。

2. 关心国事的诗歌

刘克庄一生关心国事,其忠愤之心可鉴。早年入幕时,刘克庄就作《北来人》《二将》《陈虚一》《扬州作》等诗,对流离失所的百姓和因战争而亡的战士表达了深切同情以及对敌军的仇恨,同时对战争本身和国家衰弱的局面作出了反思。这种关切时事的责任心和使命感一直伴随刘克庄的一生,其晚年时虽屏居乡里,仍然心系国家安危。如宝祐二年(1254),时蒙古军日益逼近,国势衰微,刘克庄作《甲寅元日》《又闻边报》《又即事》等诗,表达自己的担忧。宝祐四年(1256)又作《即事十绝》《北耗》《蜀捷》《书事》等诗。宝祐五年(1257)又作《新元》《岁除》《无题》等诗。开庆元年(1259),时蒙古军南下,日益逼近,合州鄂州被围,川滇桂诸州多陷,贾似道屈辱求和,而刘克庄不明真相,献诗贺捷,作《己未元日》《淮捷》《凯歌十首呈贾枢使》《即事》等诗。景定元年(1260),时误传边境捷报,刘克庄为之一振,作《七十四吟》。到了景定二年(1261),已经七十五岁高龄的刘克庄仍然进故事,论应筹资安边,以及论择帅当以望实为主,不要选取权谲者。①

(三) 乡绅身份

1. 以家谱为媒介的诗歌

刘克庄作为一名地方乡绅,维系家族的稳定和联络宗族的情感,是其重要责任和义务,家谱的重要性就在此时显现了出来。在刘克庄诗歌中,以家谱来定位人物的身份成为其诗歌写作的一个特点,这首先体现在他的挽诗中,如《参预陈公挽诗二首》其一、《挽方惠倅》、《挽郑永福》、《挽陈梧州二首》其一、《挽郑判官》、《挽高孺人》、《挽惠安林丞》、《待制赵公伯泳哀诗二首》其一等,这类挽诗的特点就是以家谱作为一个媒介,从而追及逝者的家族渊源,点明逝者的身份。同时还利用家谱的同姓特征,有意追溯到历史有名人物的家族,其中带有拔高、吹捧对方身份的嫌疑。这在赠答诗中表现得更为突出,如《答陈管修职》:"陈氏源流远,吾犹及纪群。"《赠唐谷》:"唐氏源流远,奇才每间生。"都是以姓氏的源远流长暗含对方家族繁盛。《送方汝楫客授严陵》"芹泮佩衿尊郑老,桐江谱牒派玄英",则以唐代诗人方干来比喻方汝楫。而能相通的地方就是利用家谱的姓氏相通,其他还有如《赠术者施元龙》《送赴省诸友·林汝大》《答徐雷震投赠》等,都有此特点。其作用在于利用谱系的相通,来拔高对方的家世,从而完成人物之间的交往。另外,刘克庄还以家谱为媒介,找到自身与历史人物性格相通的地方,借以抒发自己的情感,如《七十八咏六言十首》其六说:"与籍糟汉通谱,是灌花翁后身。"《病起十首》其六:"伯伦旧与吾通谱,欲往从之唤不醒。"这两首都是以刘克庄和晋代刘伶皆是刘氏一族,便借刘伶好酒呈现自己放荡不羁的性格。此外,《次韵别方时父》"我于中垒谱相通,君唤玄英作祖翁"又用自己与汉代刘向通谱的特点,与方时父

---

① 参见刘克庄著,辛更儒笺校:《刘克庄集笺校·进故事·辛酉正月二十八日》,中华书局2011年版,第3713页;《进故事·辛酉十月二十九日》,第3727页。

对应唐代诗人方干，完成双方的人物对应关系。本书第三章将详述，此处不再细论。

2. 具有莆田特色的诗歌

乡绅身份的特点就是带有浓厚的地方色彩，这体现在刘克庄诗歌中就是以莆田地方特色的风物入诗。学者早已对此有相关论述，侯体健从莆体、徐潭、荔枝三个方面对刘克庄诗歌中展现莆田空间的文学呈现作了分析。① 从刘克庄的创作情况来看，刘克庄写荔枝的诗歌约39首。荔枝作为莆田特产，在刘克庄诗歌中时时出现，荔枝品种如"陈紫""郎官红""草堂红""玉堂红""皱玉""法石白""太仓红"等成为刘克庄吟咏的对象，以及成为人物交往之间赠送的礼物。同时，与荔枝相关的《荔枝谱》也常常出现于其诗歌当中，特别是北宋蔡襄的《荔枝谱》，成为刘克庄资以谈论的诗料。如《荔支盛熟四绝》其三"牡丹姚魏荔方陈，欧蔡亡来罕识真。纵使有文堪续谱，未知楷法属何人"，说蔡谱还不足以载有荔枝的品种，应当再有人来续写《荔枝谱》。《食早荔七首其四》："蜀道闽山各有之，千林红绿任纷披。杜诗息响难追和，蔡谱孤行欠补遗。"同样也是盛称家乡荔枝品类繁多，蔡谱还需要补遗。《荔枝龙眼二绝》其二："味尝不暇更论斤，买断何曾敢算缗。谱与本经俱过眼，食之不老者何人。"《以宋香方红送听蛙翁，答柬云：两年来啖荔颗则动气。按：〈本草〉等书云：荔枝能蠲渴补髓，未闻其动气也。口占一首，发翁一笑》："帖报能生采薪疾，谱言曾有荔枝仙。"此诗以戏谑的笔调写给听蛙君方审权，说《荔枝谱》上所载曾有荔枝仙，从而将荔枝的地位抬高。《买陈紫》："典刑无复蒲人见，风味曾经蔡谱夸。"引用蔡谱，从而夸赞陈紫的风味。《荔枝谱》的作者蔡襄系兴化仙游人，与刘克庄同属福建路兴化军，刘克庄作为地方乡绅，对于地方特产有特殊的情感，以北宋名人蔡襄所作《荔枝谱》作为对自己家乡特产荔枝增色

---

① 参见侯体健：《刘克庄的文学世界：晚宋文学生态的一种考察》，复旦大学出版社2013年版，第43~53页。

的一笔，表现出刘克庄希冀荔枝能荣耀乡里的地方文人情感。

据《后汉书·孝和孝殇帝纪》载："旧南海献龙眼、荔枝，十里一置，五里一候，奔腾阻险，死者继路。时临武长汝南唐羌，县接南海，乃上书陈状。帝下诏曰：远国珍馐，本以荐奉宗庙。苟有伤害，岂爱民之本。其敕太官勿复受献。由是遂止。"①荔枝自古以来主要是靠外国进贡，非本土主产，面对荔枝这一新奇水果，历代文人争相吟咏，如晋左思《蜀都赋》云："于是乎，卭竹绿岭，菌桂临崖；旁挺龙目，侧生荔枝。布绿叶之萋萋，结朱实之离离。孔翠群翔，犀象竞驰；白雉朝雊，猩猩夜啼。"②左思在描绘蜀都之繁荣景象时，运用了荔枝这一物象，说明荔枝并非日常生活中常见之水果，左思以陈列罕见物品的赋作写法，以期达到对蜀都描摹殆尽的效果。王逸更是作《荔枝赋》专篇，以详尽介绍这一外来之物的特色。随着时代的发展，宋代以来，荔枝却成为士大夫生活中的日常水果，尽管由于气候和地理原因，荔枝在岭南才得以多见，但并不妨碍宋代士大夫们对荔枝的熟悉程度。宋陈景沂《全芳备祖》中就全面记载了荔枝的形色大小、历史掌故、杂著品种等。宋代的荔枝不再是君王贵妃才可享用的美味，而是下行为士大夫们口中之珍馐，如宋蔡襄《七月二十四日食荔枝》云："绛衣仙子过中元，别叶空枝去不还。应是天人知忆念，再生朱实慰衰颜。"③宋戴复古《赵敬贤送荔枝》云："荔子固多种，色香俱不同。新来尝小绿，又胜擘轻红。大嚼思千树，分甘仅一笼。尝观蔡公谱，梦想到莆中。"④宋人不再如前人一般只道荔枝的难得可贵，更是以善于观察的眼光来细致认识荔枝，完成了荔枝从罕见物到常见物的转换，正如宋胡仔《苕溪渔隐丛话前后集》中云："《艺苑雌黄》云，庾信谓魏使尉瑾曰：昔在邺，

---

① （南朝）范晔：《后汉书》，中华书局1965年版，第194页。
② （南朝）萧统：《文选》，上海古籍出版社1986年版，第176页。
③ （宋）蔡襄著，吴以宁点校：《蔡襄集》，上海古籍出版社1996年版，第142页。
④ （宋）戴复古著，金芝山点校：《戴复古诗集》，浙江古籍出版社1992年版，第116页。

食蒲萄殊美。陈昭曰：作何状？徐君房曰：有类软枣。信曰：君殊不善体物，何不言似生荔枝？荔枝之味，果中之至珍，盖有不可名言者。故蔡君谟云：剥之凝如水精，食之消如绛雪，其味之至，不可得而状也。魏文帝方之蒲萄，世讥其谬，庾信亦复有此语，彼《广志》谓子如石榴，其谬愈甚。唐人形于赋咏者颇多，然亦未始遇夫真荔枝。故张曲江作《荔枝赋》，是南海郡荔枝耳。白乐天作《荔枝图序》，是巴峡间荔枝耳。杜子美诗所谓'红颗酸甜只自知'者，是泸戎荔枝耳。"①从诗赋体物的角度来书写荔枝，是宋人独到的眼光，荔枝的味道、形状、品种等特性，要通过诗赋的书写传达出来，而不是笼统一说，胡乱比较，胡仔指出张九龄、白居易、杜甫诸人笔下荔枝的不同种类，就是从细致观察和认真品读中得出来的，宋人这种认真独到的体物思想进一步将荔枝日常化、生活化。在此基础上，刘克庄诗歌中的荔枝书写，较其他宋代诗人更具家乡情感特色，这与远观近赏或品评典故的仍有距离感的荔枝书写不同，刘克庄的荔枝诗则更使人产生熟悉感，具有鉴赏性，将日常化、生活化的情感通过具体的物象拉近了。

(四)家庭中的不同角色

1. 送子、勉子诗

刘克庄诗歌中常常呈现自己作为父亲的一面，从其送子、勉子诗中可见其开明、温和且关心孩子的父亲形象。据程章灿《刘克庄年谱》，刘克庄共有四子三女，其中一子二女早夭。其写给孩子的诗歌主要集中在长子强甫、次子明甫、三子山甫三人，共计有54首，有《忆强甫》《强甫西上》《示强甫》《寄强甫》《寄强甫二首》《送强甫赴漳倅二首》《连日寒甚怀强甫二首》《送强甫赴惠安六言十首》《用强甫蒙仲韵十首》《用厚后弟强甫韵》《送明甫初筮十首》《送明甫赴铜铅场六言七首》《小暑日寄山甫二首》《送山甫铨试

---

① (宋)胡仔：《苕溪渔隐丛话前后集》，商务印书馆1937年版，第457页。

第二章　刘克庄的多元身份与诗歌分类

二首并寄强甫》《送山甫赴岭口仓与黄兄来复同载》《山甫既别三日复得此诗追饯》等诗,其中写给长子强甫的诗歌最多,诗歌中多表现刘克庄父子之间的家庭温情,没有严厉的教诲,也没有追求功名利禄的要求和期望,只是一位父亲热切期盼孩子归家,希望孩子在外能照顾好自己,既希望儿子外出谋取事业,然而又不舍其离乡背井的矛盾心情。在这一类诗歌中,刘克庄的父亲身份得到充分展现。

2. 与亲人唱和、赠答诗

刘克庄与亲人相交的诗歌约有140首,特别是与同辈兄弟唱和、赠答的诗歌数量颇为可观。其中与刘希仁(居厚,叔祖刘朔一脉)唱和、赠答之作最多,计有63首,如《居厚弟生日》《和居厚弟韵》《和仲弟十绝》《和居厚弟一首》《居厚弟得玉局祠》《送居厚弟堂禀二首》《居厚弟改提举鸿禧一首》《送居厚弟二首》《居厚弟示和诗复课十首》《戊午生朝和居厚弟五绝》《居厚弟和七十四吟再赋十首》《用居厚弟强甫韵十三首》《居厚弟乞以碍止法官回授公朝特俞所请族子有诗志喜,居厚次韵邀某同作,效颦一首,既拙且钝,录献家庙》《贺秘书弟提举崇禧》①《同秘书弟赋三老各一首》《秘书弟牵玉羔为寿,将以唐律次韵一首》。写给族兄刘燧叔的有《寿计院族兄》《和族兄计院二首被旨趣行和计院兄韵》。其他与弟克刚、克永交往的诗歌有《送惠州弟》(克刚)、《和季弟韵二十首》(克永)、《喜六二弟生子》(克永)、《送五六弟赴四明仓官》(季父刘弥邵子宬)。又有写与从弟刘希谦的诗歌,如《仓部弟生日五绝》②《仓部弟和前韵再得五首》《六言五首为仓部弟寿》《陪宋侯赵倅过仓部弟家园宾主有诗次韵二首》等。刘克庄的刘氏家族与方氏、林氏皆有姻亲关系,莆田方氏、林氏家族皆有名声③,刘克庄

---

① 参见(明)凌迪知《万姓统谱》:"(刘希仁)改淮东运判,除直秘阁。"上海古籍出版社1994年版,第901页。
② 仓部弟,据辛更儒考证,为刘克庄从父起元之子希谦。
③ 刘克庄祖父刘夙取前后夫人皆林氏,父刘弥正先娶方氏,后取林氏,刘克庄为林氏所生。刘克庄娶妻林氏。刘克庄弟克逊娶妇方氏,伯姊、仲妹皆适方氏。

与方氏、林氏的兄弟交往的诗歌也不少，如写给表弟方遇的诗歌有《送表弟方时父》《寄方时父》《留别表弟方时父二首》《送外弟方时父，寄呈□古心相公》《表弟方时父寄荔子，名草堂红，若欲与吾家玉堂红争名者，次韵谢之》《和外弟方遇立春》等。其他还有如《答妇兄林公遇四首》《送方楷》《题方楷一轩》《送方楷之官》等。

3. 悼亲诗

作为家庭的一员，书写对亲人的哀悼也是刘克庄诗歌的一部分。其中有对其父、母、季父、舅等长辈的哀思，有《季父习静哀诗四首》(季父刘弥邵)、《哭容倅舅氏二首》、《挽外舅林明道》、《蛮溪陈贡士挽诗》(秘书弟母舅)等诗。也有因兄弟姐妹等同辈去世所作的挽诗，如《工部弟哀诗二首》(弟刘克逊)、《惠州弟哀诗二首》(弟刘克刚)、《挽六二弟二首》、《九日登辟支岩过丁元晖给事墓及仲弟新阡二首》、《哭伯姊二首》(适方濯)、《哀仲妹》(适方采)、《挽方亲采伯》(妹婿方采)。还有对子女夭亡的痛惜，如《悼阿昇》、《忆殇女》(长女靖)①、《悼阿驹七首》(继室陈氏所生)、《方氏侄女哀诗》(族兄刘煇叔长女适方楷，次女适方演孙，当为其中所生一女)。刘克庄年寿较长，所以还有对孙辈早夭的哀悼，如《凤孙，余第六孙也，早慧忽夭，追悼一首》《兑女，余最小孙也，慧而夭，悼以六言二首》等。

(五) 诗论家

刘克庄还是一位诗论家，他在诗歌中主要针对诗歌创作、诗歌风格发表见解和主张。他在《敖茂才论诗》中说："诗道不胜玄，难于问性天。"在刘克庄眼中，诗歌创作是一件严肃的事情，需要讲究创作方法，要有师法前人的学习态度。对于江湖诗人和理学家的诗歌，刘克庄颇有不满，并提

---

① 参见刘克庄著，辛更儒笺校：《刘克庄集笺校》卷一百四十八《亡室》："男曰昌，既冠；曰昇。女曰靖，曰鸒。昇与二女皆夭。"中华书局2011年版，第5860页。

出自己的诗学主张。刘克庄早年学习"四灵",后来意识到其格局太小,转而学习唐宋诸家,如李白、杜甫、韩愈、白居易、李贺、梅尧臣、王安石、苏轼、黄庭坚、陆游等。经过对前人诗作的体认和自身的创作实践后,刘克庄针对当时诗坛的弊病,常常于诗歌中发表其诗论。

除了诗歌中有不少体现诗人的创作观念以外,在其诗话作品中可以更直观地体悟其褒贬抑扬。如对"气骨"的重视,以杜甫诗作为例:"杜五言感时伤事,如'亲朋无一字,老病有孤舟';如'敢料安危体,犹多老大臣';如'不愁巴道路,恐湿汉旌旗'。其用字啄对,如'须为殿下走,不可好楼居';如'竟无宣室召,徒有茂陵求';如'鲁卫弥尊重,徐陈略丧亡'。八句中著此一联,安得不独步千古。若全集千四百篇无此等句为气骨,篇篇都做'圆荷浮小叶,细麦落轻花',道了则似近人诗矣。"认为杜甫之所以能够独步千古,就是因为其所作诗篇有刚劲气骨,不轻为细碎浮言,而在诗人眼中,近世诗人诗作多无气骨支撑,失之纤巧,这也可见诗人取法乎上,有尊古的倾向。

1. 诗歌创作论

刘克庄对诗歌创作本身有自己的看法,他认为诗歌应该经过仔细思考和打磨而成,他在《题蔡炷主簿诗卷》其二中说:"由来作者皆攻苦,莫信人言七步成。"即作诗是一件攻苦之事。《赠玉隆刘道士》也申明:"诗非易作须勤读。"《题戴贡士诗卷》中说:"百家衣莫劳针指,九转丹能蜕肉身。"即说作诗如同穿针缝衣、九转炼丹,即需要花费时间和心思仔细反复练习,诗歌创作才能有所成就。《题方元吉诗卷》:"古来名世者,一字费吟哦。物贵常因少,诗传不在多。"因为诗歌创作的严谨态度,所以重在质量,而不在数量。

刘氏于诗歌有自己的一套理念,既能瓣香古人,又不囿于成见,往往独出心裁,道人所谓道。作为中国诗歌史上的两座高峰,李白与杜甫长久以来被世人所推崇,刘克庄也不例外,经常在诗歌中提及二者,尤其是在对他人诗歌进行赞美时,往往言其得李杜神韵。如《读竹溪诗一首》:"不敢匆匆看，晴窗几绝编。参它少陵髓，饶得奕秋先。友愿低头拜，师曾枕膝传。已将牌印子，牒过竹溪边。"认为好友林希逸作诗之妙可得少陵之"髓"，可说是极高的评价。

还有《答方俊甫投赠二首》其一："李杜坛高未易扳，鲸波浩渺鹤天宽。潮音堂上频升座，日过寮中暂挂单。颜子向来曾父孔，李翱未可便兄韩……"所谓"李杜坛高未易扳"就是以二人的诗坛地位来论，高山仰止，难以追攀，类似还有《李杜》："李杜文章宗，继者宜重黎。"所论亦如此。

除上述作品之外，在劝诫后生诗歌创作法门时，也以工部故事启发之，甘苦之言出于肺腑。《黄宽夫示诗不已自和前二首答之》："冥搜藻思殊精炼，细读蓬心稍豁开。我窃高年惭绿竹，君持半偈试黄梅。肯为唐季小家数，须做僧中大辨材。吸尽鱼龙虾蟹子，不妨一蹴至如来。""精思巧斫诗家事，缪敬阳尊市道交。杜说新诗犹费改，韩评推字不如敲。衣传曾饮先师乳，弦绝今无异域胶。欲引蔺相卿怀内璧，吾贫未免以砖抛。"刘克庄以佛禅喻诗，认为唐末诗人乃小家数，不足为矜式，切不可为乱花所迷，要取法乎上，入无上道。关于创作，诗人指出应该精思巧斫，像杜甫思力深刻尚且"新诗改罢自长吟"，韩愈才高亦须反复推敲，以此规勉黄宽夫，同时也体现了诗人自己的文艺观。

2. 诗歌风格论

首先，刘克庄认为诗歌当有雄奇之美。《题后林李伯高诗卷》中说："谐如帝所闻天乐，壮似胥江看雪涛。"即以胥江雪涛之壮丽比喻诗歌风格的雄丽之美。在这一点上，刘克庄推崇唐代李白的诗歌，他在《读太白诗一首和竹溪》中说："空传飞燕当时句，难觅骑鲸以后诗。"认为像李白那种具有飘逸瑰奇而又充满想象色彩的诗歌很难寻觅。此外，还有《题方海丰诗卷》中说："诗境高吟太白伦，梧州下笔李潮亲。今观天马非凡种，肯厌家鸡问外人。力大鳌来吞钓饵，心专虱看似车轮。盛年出手追风雅，莫与香奁作后尘。"《题放翁像二首》其二："诗倍太白子美，年高辕固伏生。"《还黄镛诗卷》："贯虱功夫须切近，脍鲸力量要雄深。"《题林文之诗卷二首》其一："肯学小儿烹虱胫，要看大手拔鲸牙。"都是认为诗歌当有脍鲸力量的雄奇之美。

其次，"清"的诗歌审美也是刘克庄所重视的。《题永福黄生行卷》："处士梅曾如许瘦，化人酒莫过于清。"将黄生之诗比喻为处士梅和化人酒，即以羽化仙人酒之"清"比喻诗歌的清丽之美。《赠辉书记二首》其一："前身莫是寒山子，携得清诗满袖来。"《贫病》："迩来尘虑尽，勿怪小诗清。"都是以"清"来论诗歌风格特点。本书第五章将详细探讨，此不再赘述。

刘克庄对于诗歌的讨论是复杂的，除了雄奇和"清"的诗歌审美，他还针对奇崛、苦寒、森严等风格提出自己的看法，在《答惠州曾使君韵二首》其二、《题方武成诗草》、《题洪使君诗卷》、《题端溪王使君诗卷》等诗歌中皆有说明。此外，对于诗歌具体创作技法如诗律、字句等也有颇多探讨。

刘克庄曾就元稹在子美墓志铭中的李杜优劣提出不同看法，为李白鸣不平："其评李杜，谓太白壮浪纵恣，摆去拘束，模写物象，及乐府歌诗，诚亦差肩子美矣。至若铺陈终始，排比声韵，大千言，次数百，词气豪迈，属对律切，李尚不能历其藩翰，况堂奥乎？则抑扬太甚。"还有杜甫称李白"李侯有佳句，往往似阴铿"，刘氏对此亦颇有微词，指出："杜嘲太白句似阴铿，然杜云船如天上坐，不犯沈佺期乎，薄云岩际宿，不犯何逊乎？恐太白有辞矣。"刘克庄虽然一直将李杜并称，但观其诗及诗论，二者并非难分轩轾。刘勰《文心雕龙·体性》："才有庸俊，气有刚柔，学有浅深，习有雅郑，并情性所铄，陶染所凝。"世人皆有自己的才情和喜好，也许在他的心里，李白的诗歌风格更合乎其创作理念和审美标准。

值得一提的是，虽然刘克庄在诗中以李杜为尊，对二人不吝称扬，但并非毫无原则全盘接受，尤其是对杜甫，在诗话中就多次直指其疵。如杜甫《八哀诗》，历来为人所称道，韩驹谓其"笔力变化，当与太史公方驾"，崔德符云："可以表里雅颂，中古作者莫及。"刘克庄引叶石林之语："长篇最难……此八篇本非集中高作而世多尊称，不敢议其病，盖伤于多。"认为

"李邕、苏源明篇中多累句，刮去其半方尽善"。复又评之曰："每篇多芜辞累句，或为韵所拘，殊欠条畅。不如饮中八仙警策，盖八仙篇每人只三两句，八哀诗或累押二三十韵，此知繁不如简。"

总而言之，刘克庄的身份是多元化的，他的诗歌创作也在不同身份的语境下，呈现出不同的风貌。

第三章　乡绅刘克庄：诗歌中的家谱书写

"家谱""族谱""溯源"等与家族相关的词汇在刘克庄诗歌中时有出现，如"家谱推乡贤"（《挽方惠倅雷作》）、"信上多人物，华宗谱最蕃"（《赠术者施元龙》）等，这是一个值得注意的现象。刘克庄的家族定居于莆田乌石，从其祖父辈到子侄辈，就有近五十人①，可谓枝叶繁茂。对家族情况的描写、与家族人物的勾连，是刘克庄诗歌的一个题材。侯体健注意到了其诗歌中反映的家族情感，从"慕祖""勉子"到丧亲之痛，以及围绕家族展开的文学活动和地域文人网络的形成等方面，对刘克庄这类具有家族痕迹的诗歌进行了分析，并认为"因家庭情感的倾注，其文学内涵也发生了相应变化，具有家族背景与不具家族背景，还是不太相同的"②。侯体健的关注点是刘克庄自身的家族成员、家族情感和家族活动，未论及刘克庄的家族观念在诗歌中的延伸，比如其诗歌中的家谱书写。笔者认为刘克庄作为地方乡绅③，修谱作为家族的一种重要活动加强了刘克庄心中的家族意识，以家族谱系来呈现人物身份和地位成为了其诗歌的一个写作特点。与表现自身家族情感不同，刘克庄诗歌对于他人家族谱系的书写，首先通过家谱来实现对人物身份的定位；其次通过人物与家谱的内在关联性，运用家谱

---

① 程章灿：《刘克庄年谱》，贵州人民出版社1993年版，前言。
② 侯体健：《刘克庄的文学世界：晚宋文学生态的一种考察》，复旦大学出版社2013年版，第59页。
③ 侯体健：《刘克庄的乡绅身份与其文学总体风貌的形成——兼及"江湖诗派"的再认识》，《中山大学学报》2011年第3期，第20页。

背后暗含的文化内蕴,完成与人物的交往;最后利用家谱的互通性,借用历史人物的性格特征抒发自我情感。

一、"家谱"在刘克庄诗歌中的呈现

检索《全宋诗》,刘克庄诗歌出现和家谱相关的"谱""源"等共有17例,其中最常出现在刘克庄写的挽诗中,如下列几首:

  A. 家谱推贤裔,乡评号吉人。佩银成短梦,冠玉漫长身。朱鹙鸾胶断,青林鹤表新。空令柱下史,反惜幕中宾。(卷二十四《挽方惠倅雷作》)

  B. 族谱康成裔,先儒谷叔孙。汉廷无表荐,鲁壁有书存。莲幕翻留滞,萱堂废清温。吾衰惭宋玉,不解赋《招魂》。(卷三十三《挽郑判官一桂》)

  C. 沂源高适谱,作媲郑虔家。贤子搴丹桂,高才补《白华》。病犹观冕辂,没不待笄珈。阡表堪传远,何须挽诔加。(卷三十五《挽高孺人太傅郑君荐母》)

  D. 策名迫榆景,谢病去松厅。博取儒先说,尤深《道德经》。族通艾轩谱,葬得竹溪铭。愁绝蝶陵路,哀筇不忍听。(卷三十八《挽惠安林丞》)

  E. 谷目多名士,西轩与石门。族皆通一谱,君独秀诸孙。叔季斯人少,耆英几个存。可怜同社叟,反袂赋《招魂》。(卷二十七《挽陈梧州二首》其一)

从上述诗歌中可以发现,刘克庄对于挽诗的创作有一个比较固定的写作模式,即从家谱的角度来定位人物身份,如A中说方雷作是家谱中的贤

第三章 乡绅刘克庄：诗歌中的家谱书写

良后代，乡里推举其为善人①；B中以郑一桂与汉代郑玄同族的关系，又是宋代郑耕老之孙，来说明其身份②；C中说高孺人的谱系可追溯到唐代名将高适；D中说惠安林丞林雷震与艾轩派林光朝谱系相通③；E中陈梧州陈起（非书商陈起）与西轩陈元矩也是一谱之通④。与北宋诗歌相比，以家谱来定位人物身份是南宋诗歌的一个特点。将刘克庄的《挽高孺人太傅郑君荐母》（上列C）与苏轼的《周夫人挽词》比较，就可以看出一些区别。苏轼云：

> 教子通经古所贤，安贫守道节尤坚。当熊遗烈传家世，投烛诸郎慰眼前。不待金花书诰命，忽惊玉树掩新阡。凯风吹棘君休咏，我亦孤怀一泫然。

一般对于女性挽诗的书写，都会从德行和子女两方面入手，如刘克庄诗以中举和《白华》之篇比喻郑君荐之贤孝，从而衬托高孺人教子有方。苏轼同样说周夫人"教子通经古所贤"，从拥有美好德行和善于教子的角度描写周夫人，这是刘克庄与苏轼挽诗相通的地方。但是刘克庄的《挽高孺人太傅郑君荐母》即从"溯源高适谱，作媲郑虔家"一句开始，用家谱的方式对高孺人的身份进行说明，诗中说远溯唐代名将高适谱第的高孺人，嫁给

---

① 方雷作，参见（明）周瑛著，蔡金耀点校《重刊兴化府志》："宝庆二年丙戌王会龙榜，兴化县方雷作，雷震弟，知龙岩县。"福建人民出版社2007年版，第476页。方雷作与兄雷震为方次彭（皇祐元年1049进士）六世孙，其家族脉络可追至北宋真宗朝方偕（992—1055），《宋史》有传。

② 谷叔即郑耕老，为绍兴进士，擢国子监主簿。

③ 参见曾枣庄，刘琳主编《全宋文》三三六册《林梦隆墓志铭》："国清林梦隆，字德本，惠安丞雷震仲子也。"上海辞书出版社2006年版，第85页。

④ 参见曾枣庄，刘琳主编《全宋文》二一〇册《祭陈西轩元矩文》："故长乐大夫西轩子陈子六兄。"上海辞书出版社2006年版，第126页。可知西轩即陈元矩。（明）周瑛著，蔡金耀点校《重刊兴化府志》："乡大夫林迪与为忘年交，艾轩林光朝，正字刘夙、方翥，著作刘朔，皆尝至其家，登堂拜母，谊均兄弟。"福建人民出版社2007年版，第927页。

一、"家谱"在刘克庄诗歌中的呈现

了郑家为妇，郑虔为唐代画家，此处亦是以谱第之通来比喻郑君荐家，从而借助家谱的媒介作用，将人物的家世展现出来。其他还有如《赠唐谷》："唐氏源流远，奇才每间生。"①说唐谷的家族唐氏源远流长，《待制赵公伯泳哀诗二首》其一："赵氏源流自副枢，至公清节亢门闾。"②说赵涯家谱通至副枢③。魏了翁(1178—1237)《王宜人挽诗》也说："门谱谁夸郡姓强，是家元自孝廉郎。"④以王宜人的门第家谱之盛称之。这些诗歌都是从家谱的角度来给人物定位，可见家谱已经作为人物的重要象征标志。以家谱为媒介来说明人物身份，这与南宋中后期谱学的兴盛有关。郑樵《荥阳谱序》里说："唐以前论氏族取人者，以其家世目熟而详，父兄之施设教育，其于礼乐政事，皆箕裘业也。故有司以此铨衡人物，民间以此请求姻好，所以人多习氏族之学。国朝患主司之徇私，故禁其名氏。"唐代的谱学已经非常兴盛了，修谱的原因是为了方便从氏族大家中选拔人才；而宋代盛行科举制度，寒门得以居庙堂之上，为了不徇私枉法而谱学偏废。但是这种修谱的风气却在民间流行起来，尤其到了南宋，士大夫和知识分子的分布开始明显有地域化的倾向。而修谱的目的不但使家族传承得以继续发扬，所谓"家之有谱，犹国之有史"，而且对于重视宗法制度的儒家来说更具有特别的意义。他们认为将百姓纳入宗族中，可以使老有所养，幼有所长，只有这样才能施行儒家的温柔敦厚的教义，从而达到政治上的垂拱而治。

其实除了在挽诗中以家谱定位人物身份以外，家谱的作用还在于在人物交往中缩短人物距离，拉近人物关系。如卷二十三《答徐雷震投赠》：

颇闻谱与寿溪通，桑梓吾宁不敬恭。东汉聘君真处士，晚唐先辈

---

① （宋）刘克庄著，辛更儒笺校：《刘克庄集笺校》，中华书局2011年版，第1194页。
② （宋）刘克庄著，辛更儒笺校：《刘克庄集笺校》，中华书局2011年版，第1360页。
③ 未能考证出赵涯之家谱中何人官至副枢。
④ 傅璇琮主编：《全宋诗》五六册，北京大学出版社1998年版，第34999页。

亦文宗。方当夭矫惊春蛰，未可呻吟学冻蛩。老矣麾幢俱屏去，空拳难与子争锋。①

徐雷震即徐平父，林希逸《题徐先辈家传》："正字徐公以文名于唐末，……宝祐以来，十一世孙平父始收拾其书，采摭遗事，求其年月而谱之。"②即可知徐雷震为徐先辈十一世孙，徐先辈即唐代诗人徐寅，正好与诗中所说的"晚唐先辈"吻合，徐寅为莆田人，与刘克庄同乡，诗中的"桑梓"即家乡，《诗经·小雅·小弁》说："维桑与梓，必恭敬止。"诗中首先说徐雷震与徐寅之间的家族传承关系，其次又用桑梓之典说明徐雷震的家族与自己家族的地理关系，从而拉近刘克庄与徐雷震之间的距离。类似的用法还有卷四十一《次韵别方时父》："我于中垒谱相通，君唤玄英作祖翁。每恨暮云一樽隔，暂欣夜雨对床同。为晨门黍谈清宿，留剡溪舟避逆风。众作纷纷鸣瓦釜，黄钟聊复鼓于宫。"③中垒即汉刘向，玄英即唐诗人方干。刘克庄以刘向对称自己，以方干对称方时父，皆是利用谱系的同姓相通特点。家谱的亲疏远近已成为人物交往亲近与否的一种衡量标准，刘克庄在《刘尚书（刘榘）集》中记载："刘氏旧通谱，余王父与公先大夫，先君与公，再世同年，于是计院兄以集序见属。余幼受教于公，今老矣，惜诸家述作之罕传，幸吾宗文献之有考。序之所以美后人纂述之勤，且以勉里中之象贤继志者也。"④文中记叙了为刘榘别集作序的缘由，而刘氏的家谱相通是其中一个为其作序的重要原因，可见家谱使得人物的交往变得密切。

贺寿诗中也常以家族传承来体现人物关系，如程公许（1182—？）《寿廷

---

① （宋）刘克庄著，辛更儒笺校：《刘克庄集笺校》，中华书局 2011 年版，第 1289 页。

② 曾枣庄，刘琳主编：《全宋文》三三五册，上海辞书出版社 2006 年版，第 363 页。

③ （宋）刘克庄著，辛更儒笺校：《刘克庄集笺校》，中华书局 2011 年版，第 2173 页。

④ （宋）刘克庄著，辛更儒笺校：《刘克庄集笺校》，中华书局 2011 年版，第 4038 页。

迈叔祖》前两句："吾宗谱牒祖通义,蝉联到公十五世。五派之分同一源,如木有本瓜有蒂。"①即点名其叔祖的家族庞大,枝叶繁茂;又《代寿李参预雁湖先生五十韵》中说:"仙李蝉嫣系绪长,丹崖谱牒自曹王。滔滔江汉流波漫,濯濯芝兰奕叶芳。"②也以谱牒的源远流长说明李壁家族的隆盛。同时在有的贺寿诗中,追溯家谱的原因还有表示尊敬和抬高对方地位的作用,有溢美和夸大之嫌。如赵蕃的《欧阳全真生日》:"旧闻新喻学,面势如眉州。宜有妙人物,举世让一头。君于文忠公,谱牒明派流。当时山公启,有言曾未仇。在今人与门,推君两俱优。分教固冈外,首善乃所由。南见属初度,杯酒相献酬。愿君云间鹄,听我江上鸥。"③诗中说欧阳修为欧阳全真的家族同宗,然而欧阳全真却不见载,故有为了烘托诗中人物而刻意以历史地位较高的同姓人物相比的嫌疑。刘克庄《送方汝楫客授严陵用》:"昔年尚友先君子,晚见贤郎自策名。芹泮佩衿尊郑老,桐江谱牒派玄英。誉髦孰不观朝彩,耄齿吾难主夏盟。若见监州烦问讯,必分风月照寒檠。"④方汝楫即方用,颈联用汉代郑玄、唐代方干之典,前者点名其教授芹泮的身份,后者就是用与晚唐布衣诗人方干谱系相通的特点,抬高方用的身份,从而达到对人物吹捧的目的。

二、展现人物身份特征和道德品行

家谱的另一个重要作用在于记录家族中出现的伟人,以此达到光耀门楣的目的。如刘克庄《送赴省诸友·林汝大》:

---

① 傅璇琮主编:《全宋诗》五七册,北京大学出版社1998年版,35554页。
② 傅璇琮主编:《全宋诗》五七册,北京大学出版社1998年版,35610页。
③ 傅璇琮主编:《全宋诗》四九册,北京大学出版社1998年版,第30463页。
④ (宋)刘克庄著,辛更儒笺校:《刘克庄集笺校》,中华书局2011年版,第2304页。

第三章　乡绅刘克庄：诗歌中的家谱书写

天性怜才老未衰，爱君笔力绝新奇。引弦连发天山箭，举手高攀月窟枝。藻蕴科名通谱牒，旦希优劣系修为。穷人只有诗堪赠，空耸山肩捻雪髭。①

据《兴化府志》，林汝大即林应诚，此为送其省试而作，按诗中之意，林应诚应该年纪较长，刘克庄称其虽老而未衰，笔力尚新奇。唐高宗右将军郎将薛仁贵，奉诏领兵击九姓突厥于天山，他连发三箭，射杀骁健三人，使突厥归降。颈联即以薛仁贵典，祝愿林应诚考试顺利，一举夺魁。并希望其考取功名能够荣耀家族。所谓"藻蕴科名通谱牒"，即希望林应诚能功成名就，以续家声。可以看出，科举上的成就成为一个家族名望的重要衡量标准，家谱背后暗含的文化意蕴包含有科举功名的一面。刘克庄又在《挽郑永福》中说：

竹间梧畔故应佳，非但才高诗亦葩。世胄蚤通枢相谱，里人知是大魁家。谁言陶令才为米，不遣潘郎再种花。□□云深华表远，北风无赖送哀笳。②

诗中以竹间、梧畔展现郑永福的居家环境，再说其才气高，诗亦华美。接着介绍其家族背景，说郑永福出身于宰相一派谱系的贵族世家，郑永福即福州郑侨裔孙③，乡里之人都知道这是状元之家。诗歌用家谱的方式暗含了郑永福家世的显赫以及状元及第的门庭背景，这是家谱背后的文化意蕴。政治上的成就是一个家族所看重的，王迈在《寄惠州陈史君真卿》中从

---

① （宋）刘克庄著，辛更儒笺校：《刘克庄集笺校》，中华书局2011年版，第1255页。
② （宋）刘克庄著，辛更儒笺校：《刘克庄集笺校》，中华书局2011年版，第1417页。
③ 参见（元）脱脱：《宋史》〇三册："郑侨，同知枢密院事。"中华书局1977年版，第718页。

反面说:"走也山林人,本无素宦谱。妄言宗社事,屡犯君相怒。"①也是利用家谱的表达方式,说自己没有做官的命。家谱背后的文化意蕴显然不止科举一种,王迈(1184—1248)在《寄浙漕王子文野,以"思君令人老"五字为韵,得诗五首》其三中表达了自己不仅要续家谱,还有光辉国史的抱负:"原明有申公,公休继文正……向来笺天疏,每读必起敬。相期辉国史,何止续家乘。"②

事实上,刘克庄也并不完全以科举功名作为家族荣誉的标志,他在《和平志》中说:"举一世所共荣者,曰科目,曰官职,曰世家而已。""然以科目、官职、世家定荣悴盛衰,盖近世俗人之论,吾闻古之君子所谓没而不朽者,不在是也。"③在刘克庄看来,科举、官职和世家可以使得一时家族荣耀,但若只以此三者富贵名利之类来衡量家族盛衰,那就是俗人之论。于此三者之外,刘克庄看重的更是家族的名节操守,所以在《和平志》下文中就以直言敢谏、重视节行的上官均为例,加以说明。北宋神宗熙宁年间,上官均策试而忤王安石新法,崇宁初又入元祐党籍,表明刘克庄认为士人当以节行为重,他在《再和二首》其一中更直接表明了对元祐人物的推崇:

借屋城中又一春,桃符万口说清新。向来曾上《庆历颂》,老去甘为元祐人。健论真堪惊谄子,固穷不肯媚钱神。吾评此士西塘比,后进纷纷谩效颦。④

诗中自比北宋学者石介和元祐人物。石介字守道,世称徂徕先生,石

---

① 傅璇琮主编:《全宋诗》五七册,北京大学出版社1998年版,第35727页。
② 傅璇琮主编:《全宋诗》五七册,北京大学出版社1998年版,第35713页。
③ (宋)刘克庄著,辛更儒笺校:《刘克庄集笺校》,中华书局2011年版,第3966页。
④ (宋)刘克庄著,辛更儒笺校:《刘克庄集笺校》,中华书局2011年版,第1058页。

介乐善疾恶，遇事敢为，敢于切指时弊，而无所讳忌。于吕夷简罢相时，新政人物范仲淹、富弼、韩琦、欧阳修等执政，石介喜国家得人，曰："此盛事也，歌颂吾职，其可已乎！"遂作《庆历圣德诗》，诗中斥夏竦为大奸。又，宋徽宗崇宁年间，蔡京任右相，与王黼、童贯、梁师成、朱勔等打着"绍述"神宗新法的旗号，进行排斥异己、打击和迫害反对他们的新、旧党人。他们把王安石变法时期以司马光为首的反对派称为"奸党"，籍定旧党姓名如司马光、文彦博、苏轼等120人，御书刻石于文德殿门东壁，蔡京手书石刻于各州县。刘克庄赞赏为官当像石介一样耿介直言，即使成为政治中的牺牲品，也要保持自己的操守。矫健之言足令谄媚之人震惊，宁贫穷亦不为富贵折腰。诗歌最后以西塘为喻，西塘即郑侠，字介夫，福清人，著作有《西塘集》。郑侠起初从学于王安石，后极力反对新法。王安石辞去相职，推荐吕惠卿代替自己。郑侠又上书说王安石本为吕惠卿所误，吕惠卿因此指斥郑侠谤讪，清王士禛《居易录》认为郑侠"文似石介，而无其怒张叫呶之习；古诗在白居易、孟郊之间"①。郑侠为人刚直豪爽，志趣不凡，为文抨击时政，无所顾忌。对后来的士人对耿介之风无有继承而表示哀叹。《贺黄察院器之》中也说："自从庆历亲除后，直到咸淳第四年。当道豺应惊破胆，通天狐不敢垂涎。豸冠本古触邪义，麟笔它时责备贤。八十九翁盲且耄，有俎徕颂献无缘。"②刘克庄更将石介的耿介之性情运用到日常生活中去，如他在《肃翁饷石门芥菜》中说："食指清晨动，馋涎异味来。高情分石芥，辣性似俎徕。"此诗是感谢林希逸送自己石门芥菜而作，石门在福清县，芥菜即"芥蓝菜，叶如蓝而厚，青碧色"③。说芥菜的辛味如同石介耿爽的性格一样，本是抒发志向的俎徕之典，也能够用在日常生活的小事中。

---

① （清）纪昀总纂：《四库全书总目提要》，河北人民出版社2000年版，第3998页。
② （宋）刘克庄著，辛更儒笺校：《刘克庄集笺校》，中华书局2011年版，第2239页。
③ 周瑞光：《福鼎旧志汇编》，厦门大学出版社2012年版，第90页。

二、展现人物身份特征和道德品行

刘克庄又在《仙溪志》对黄岩孙说:"地以人重,瞻言旧耆,有列于庆历谏官者,有危言党论相望于元祐党籍者,有与邹道乡同贬者,有为乾道名宰相者,其他魁彦胜流,不可胜书,故其志人物尤详焉。"①一个地方当以人物为重,仙溪这个地方就是人杰地灵,有被列于庆历之时的谏官,敢于在新法变革时直言陈谏而被列于党籍的人物,在章惇用事时敢于疏言其不忠而削官羁管新州的邹浩等,在刘克庄看来,这些耿介之诤臣更排在宰相、名彦等有地位、有才学之人的前面。从中可以看出刘克庄对于气节的重视。刘克庄更在诗中多次提到对元祐人物的追慕,如感叹自己周围"屈指淳熙遗老少,到头元祐几人全"②;对汤中勉励说"不比唐家超子厚,壹如元祐起坡公"③,对刘震孙说"祝公相业追元祐,二虏来王九扈丰"④,"元祐相君才六世,端平朝士不多人"⑤。刘震孙,字长卿,号朔斋,文天祥《题中书直院刘左史震孙〈云萍录〉》:"忠肃公朔人,以直节名一代。今中书左史,负沉厚刚峭之气,以'朔'名斋,盖于高曾规矩焉。某始闻其风,今见其人,辄书氏名,昭与洁也。"⑥可见刘克庄称赞刘震孙的正是其"直节"的操守。他又在《赵寺丞和陶诗》中对赵子谭说:"如是则知贵其身而求乎内矣。贵其身者,必重名节。求乎内者,必轻外物。"⑦重视名节,是刘克庄非常看重的。这种名节的意识贯穿刘克庄的一生,其年老之时还

---

① (宋)刘克庄著,辛更儒笺校:《刘克庄集笺校》,中华书局2011年版,第4095页。
② (宋)刘克庄著,辛更儒笺校:《刘克庄集笺校》,中华书局2011年版,第2103页。
③ (宋)刘克庄著,辛更儒笺校:《刘克庄集笺校》,中华书局2011年版,第1665页。
④ (宋)刘克庄著,辛更儒笺校:《刘克庄集笺校》,中华书局2011年版,第2034页。
⑤ (宋)刘克庄著,辛更儒笺校:《刘克庄集笺校》,中华书局2011年版,第2296页。
⑥ (宋)文天祥著,熊飞等校点:《文天祥全集》,江西人民出版社1987年版,第382页。
⑦ (宋)刘克庄著,辛更儒笺校:《刘克庄集笺校》,中华书局2011年版,第4000页。

在说"作庆历诗赓石介,读开元报喜孙樵。自节黄桴谐律吕,岂无木铎采风谣"①。而名节来自哪里?刘克庄认为一个家族的传承是非常重要的,这就使得家谱的意义不止在于记录族人、联络族人,或者光耀门楣,还在于家族节操义行、耿介直言的传承。

《张尚书集》中说张抑:"公之学授于家庭,又所交皆天下贤俊,而仕当朝廷极盛之时。故其诗冲澹和平,可荐之郊庙。"②刘克庄认为张抑诗歌冲淡平和的特点主要来源于家庭、交往和社会环境三个方面,其中又把家庭的影响排在首位,可见刘克庄对家族的文化传承有着清晰的认识。在南宋其他人的诗歌也常常出现以家谱来暗含一个家族背后的伦理道德力量,如杨万里(1127—1206)《洪丞相挽辞二首》其二:"家谱忠仍孝,词林博更宏。牧羝无是子,雏凤有难兄。谁谓身非达,其如道不行。青蝇满天地,白日转清明。"此诗为挽洪适而作。洪适为洪皓长子,与弟洪迈、洪遵并称,鄱阳洪氏在南宋是出名的大族,也是文学家族。③ 绍兴十三年时,其父洪皓自金归,忤秦桧,谪官安置英州,他亦罢官,所以以汉李陵牧羊羝乳事比之,以雏凤即有才华的子弟比喻其弟,诗中以家谱的"忠孝"传承说明洪适家族门风,且文学远博,并对洪适的身份地位加以提升。杨万里又有《和袁起岩郎中投赠七字二首》其一:"故人一别两相思,不但平生痛饮师。胸次五三真事业,笔端四六更歌诗。闭门觅句今无已,刻意伤春古牧之。卧雪高人家谱在,春风政着紫兰枝。"④诗中以"卧雪高人"来比袁起岩,《后汉书·袁安传》李贤注引《汝南先贤传》:"时大雪,积地丈余。洛阳令身出案行……至袁安门,无有行路,谓安已死。令人除雪,入户见安

---

① (宋)刘克庄著,辛更儒笺校:《刘克庄集笺校》,中华书局2011年版,第1901页。
② (宋)刘克庄著,辛更儒笺校:《刘克庄集笺校》,中华书局2011年版,第3988页。
③ 参见张剑、吕肖奂:《宋代的文学家族与家族文学》,《文学评论》2006年第4期,第128页。
④ (宋)杨万里著,辛更儒笺校:《杨万里集笺校》,中华书局2007年版,第1220页。

僵卧。问：'何以不出？'安曰：'大雪，人皆饿，不宜干人。'"①"卧雪高人"即袁安，通过谱系之通，以袁安之节操之高洁来与袁起岩的隐逸情操相比。又如魏了翁《王总领生日》："家有忧民谱，切磋及兹辰。"②以说明王氏有家族传承的爱民忧民责任感。家谱的意义不仅在于记录一个家族的渊源和人物，更重要的是家谱暗含着家族世代积累的政治寓意和道德力量，诗歌中利用家谱传递的正是这背后的文化意蕴。

三、藉"家谱"之通抒发性情

家谱的观念在刘克庄思想中加强以后，其意义范围也就不再局限于家族本身的记录、传承以及文化意蕴，从而使得"谱系"的使用更加广泛。这种表现就在刘克庄诗歌中以家谱勾连与自己性情相通的历史人物，从而抒发自我情感，即"借他人酒杯，浇自我块垒"。如卷三十三《七十八咏六言十首》其六：

> 竹林下沈酣者，洛社中起舞人。与籍糟汉通谱，是浣花翁后身。③

此十首六言作于景定四年至五年，时刘克庄已经七十八岁，年老衰颓，虽诗中出现"已带华阳巾去，肯扶灵寿杖来""慕赤松子辟谷，学黄冠师餐霞"的隐逸之道，但其中却并无哀叹之意，反而透露着精神和健硕之态。这首就以以天为盖、以地为庐、嗜好醉酒的刘伶自喻，说自己与"籍糟汉"通谱。刘伶是晋代的风流之士，不慕名利，敢于和名教抗争，用行为艺术的方式来表达自己对朝廷的不满，其《酒德颂》："先生于是方捧罂

---

① （宋）范晔撰，（唐）李贤等注：《后汉书》，中华书局1965年版，第1518页。
② 傅璇琮主编：《全宋诗》五六册，北京大学出版社1998年版，第34887页。
③ （宋）刘克庄著，辛更儒笺校：《刘克庄集笺校》，中华书局2011年版，第1785页。

承槽,衔杯漱醪,奋髯踑踞,枕曲籍糟,无思无虑,其乐陶陶。"①枕曲籍糟,以酒为乐。刘克庄此时与刘伶相通的精神状态就是以酒为乐,不过刘伶病酒是宣泄胸中不满,而刘克庄却是表达年老却自在旷达的心境。在这里,刘克庄就巧用了"谱"的相通性,通过爱喝酒的事实和旷达的精神实质将自己与刘伶联系起来,借助历史人物表现自己的处境。其七又说"红绿各蒙生意",其十说"任吟古律不拘","生意"和"不拘"透露着刘克庄虽老而心不衰,老迈而更旷达的乐观态度,这是其晚年生活的真率的心境表现。晚年的刘克庄常常于生活中的小事、趣事入诗,来表现心境的自适。同样是写饮酒,《腊月二十二夜漏下数刻,小饮径醉,坐小合睡。傍无侍者,仆于户限,眉鼻伤焉,流血被面,记以六言九首》写自己夜晚饮酒醉后,由于没有侍者相扶而扑倒在门槛上的经历:

> 退之落齿感慨,子春伤足悲哀。遗体有所受也,败面岂不痛哉。
> 玉追琢天肖汝,血模糊物败之。何时鼻端白现,依旧眉毫雪垂。
> 黠鬼机械恶毒,老人皮肉麻顽。且摩麟肪止血,不须獭髓灭瘢。
> 不为卿面作计,转令汝貌不扬。鬓畔有千茎白,眉间无一点黄。
> 垂堂一跌血面,闭合三旬裹疮。有佛至维摩室,无人拜德公床。
> 室中文殊已去,户外子舆不来。蒙补陀衲足矣,扶灵寿杖彼哉。
> 晋士仇阮籍眼,唐人观李邕眉。任汝得吾皮骨,惟吾不汝瑕疵。
> 丹书大圣初元,白发先朝遗老。浪言铁笔犹存,不觉玉山自倒。
> 未尝学䂒伤鼻,不待狂言炙眉。祸福非自求者,横逆当顺受之。②

以韩愈落齿、子春伤足的典故道出了自己摔倒后,牙齿掉落、脚也跛了,以脸扑地的惨状,又以"鼻端白现"生动形象地描述了自己扑地后鼻尖

---

① (梁)萧统编,(唐)李善等注:《六臣注文选》,中华书局1987年版,第887页。

② (宋)刘克庄著,辛更儒笺校:《刘克庄集笺校》,中华书局2011年版,第1890页。

先着地的样子,然后是皮肉被磨破后流血的样子,继而联想到这几日都得闭门谢客、在家养伤的场景,接着宽慰自己说反正其貌不扬,脸破相了也无所谓。后四首由此及彼,以"铁笔犹存""狂言炙眉"的旷达任性之真率出之,享受"祸福非自求者,横逆乃顺受之"的乐观逍遥。全诗既没有哀叹伤痛,也没有老态龙钟,在写扑倒这件小事上趣味横生,带有几分幽默,读之令人忍俊不禁。更体现了刘克庄乐观旷达的人生哲学,在这首组诗中显示出刘克庄颇为可爱的老头形象。《乙丑元日口号十首》其三又说:"痴呆已肖木鸡状,行走不减竹马时。太平期恰当今日,嬉戏翁浑如小儿。"①说自己老年痴呆,但是行走的健硕之态不减儿童时,最后一句更是直接把自己比喻成小孩儿,颇有老顽童的意味。其四说:"方坐皋比开讲肆,忽看傀儡至优场。此翁奇奇又怪怪,若非伪学即阳狂。"其五说:"伴壮丁骑秧马出,看儿童放纸鸢嬉。老无忧责庸非福,身是神仙不自知。"或是看戏,或是看儿童放风筝,在视角上构成了他人与自己的视线互动,既写别人,也写自己,道出了自己晚年闲适而又充满世俗气息的生活情景。这样有趣的生活场景常常出现在刘克庄的诗歌当中,又如《责猫》:"将钱聘汝向雕笼,稳卧花阴晓日红。鸷性偶然捎蝶戏,鱼餐不与饲鸡同。首斑虚有含蝉相,尸素全无执鼠功。岁暮贫家宜汰冗,未知谁告主人公。"②说自己买来的猫,就喜欢卧在花丛晒太阳,偶尔就扑扑蝴蝶,喂养的食物也与普通家禽不同,但是却抓不到老鼠,这般对它好,结果最后还跑了。诗歌趣味横生,生活情境历历在目。同样以"谱"的方法来勾连人物相同之处的还有卷三十五《病起十首》其六,但却不同于前面的趣味:

  昔与诸贤共造廷,如风吹絮浪飘萍。争先忽忽同晨露,殿后晖晖独曙星。未肯肩随金谷友,幸留面见草堂灵。伯伦旧与吾通谱,欲往

---

① (宋)刘克庄著,辛更儒笺校:《刘克庄集笺校》,中华书局 2011 年版,第 1901 页。
② (宋)刘克庄著,辛更儒笺校:《刘克庄集笺校》,中华书局 2011 年版,第 1892 页。

第三章 乡绅刘克庄:诗歌中的家谱书写

从之唤不醒。①

此诗于病中所作,刘克庄回忆此前与诸同僚上朝早出晚归的情景。以晋代贵官石崇的别墅园林金谷和唐白居易谪任江州司马时作为隐居之所的草堂为典,表达了自己不与权贵结交,而保留志节的价值选择。最后说自己昔日性格与刘伶(伯伦)相通,敢于和名教斗争,但现在却无力为之,其中颇多感慨。又如《纵笔一首》:"邺下徐陈逐逝波,仅留老子尚婆娑。吾宗世有戴花舞,大耋谁能鼓缶歌。松下寻常无喝道,花间随处有行窝。痴人逐物回头少,看到棋终恐烂柯。"②唐武宗会昌五年(845),白居易在洛阳与胡杲、吉皎、刘真、郑据、卢贞、张浑、李元爽及僧如满举行尚齿会。诗中说自己与洛社刘真同宗,借以抒发自己虽然年老,但认为人世本就无常,何不萧散而过,不要做沉迷逐物的痴人的观念。

这种以"谱"推而表明自己志向的不是刘克庄所开先例,此前陆游在诗中即运用了相同的手法,如《草堂》:

幸有湖边旧草堂,敢烦地主筑林塘。漉残酤瓮葛巾湿,插遍野梅纱帽香。风紧春寒那可敌,身闲昼漏不胜长。浩歌陌上君无怪,世谱推原自楚狂。③

陆游以世谱推楚狂表明自己和接舆一样,任心而放达,诗中"地主"据题下注"辛幼安每欲为筑舍,予辞之,遂止",知此是辛弃疾为陆游筑草堂而作的辞谢之诗,诗中描绘了草堂优美的地理环境,以浩歌陌上的生存状

---

① (宋)刘克庄著,辛更儒笺校:《刘克庄集笺校》,中华书局2011年版,第1862页。
② (宋)刘克庄著,辛更儒笺校:《刘克庄集笺校》,中华书局2011年版,第1857页。
③ (宋)陆游著,钱仲联校注:《剑南诗稿校注》,上海古籍出版社1985年版,第3488页。

态推向祖先楚狂接舆的描写,"《陆氏世谱》云,本出接舆后",至于接舆是否为其祖先,则不可确认。刘克庄卷九十六《刻楮集》中说:"初余由放翁入,后喜诚斋,又兼取东都、南渡江西诸老,上及于唐人大小家数,手钞口诵。"①此可作刘克庄学习陆游师法之一例。

谱系的运用不止限于家族、文化和精神的相通处,诗歌的传承也常常借助家族传承的手段来说明,如《贾仲颖诗》:"贾氏自太傅为西汉文词之宗,至以诗名于盛唐,岛鸣于晚唐,君岂其苗裔欤?"②以汉代贾谊、晚唐贾岛和贾仲颖同宗的关系,说明其诗歌有宗可继。家谱,是中国古代记录一个家族或宗族的世系表谱,是由谱牒发展而来的"私家之谱"。以宗法为"谱心",体现敬宗修族的精神,巩固家族的团结,扩大家族的活动,维系家族的秩序。私撰家谱,宋时欧阳修家族有《欧阳氏谱图》,苏洵家族有《苏氏族谱》。家谱代表着一个家族乃至每个族人的身份,以及背后暗含的家族文化意蕴。家谱、族谱最基本的作用就是记录家族的人物传承关系,宋代经过唐代谱学的断裂后,再次走向了繁荣。

家谱本作为一个家族的代表和标志,其作用主要在于记录和传承。然而在南宋中后期的诗歌中,家谱被用来定位人物的身份,在文化上反映家族的荣耀和德行,以及诗人在诗歌创作中对"谱"的延伸使用,构成了南宋中后期诗歌中文学与文化的因素,以及背后反映出诗人的宗族意识和家族情结。其中一部分诗歌还利用家谱来推尊、抬高人物身份,有吹捧、阿谀之嫌,也显示出南宋中后期文化下移的趋势。在这个层面上,诗歌中以家谱为媒介而用于人物交往的诗歌,显示出家谱也走向了生活化、日常化。

---

① (宋)刘克庄著,辛更儒笺校:《刘克庄集笺校》,中华书局2011年版,第4063页。
② (宋)刘克庄著,辛更儒笺校:《刘克庄集笺校》,中华书局2011年版,第3985页。

第四章　儒者刘克庄：理学因素对诗歌的渗透

刘克庄曾自称"理窟骚坛两罢休，倒持麈柄让名流"（《次韵黄户曹问讯二首》其一），以往的研究都注重考察刘克庄的理学渊源和文学关系，如侯体健提到家学传统和地域学术与刘克庄的碑、志、序、记、书、跋等散文创作的交互渗透。① 王宇指出刘克庄的理学渊源来自艾轩学术、郑氏学术、莆田学术、程朱理学和其他各派，从而对刘克庄的诗学产生影响。说明他在理学和文学两个领域都有关系。笔者认为刘克庄常常在诗歌中自称"小儒""老儒"，如"小儒记得隆兴事，闲对山僧说魏公"（《凤凰台晚眺》）；"八十余岁老儒生，见帝谆谆劝力行"（《八十吟十绝其六》）。又表现出对"拘儒"的不满，"难与拘儒论，无方即大方"（《又二首其二》），这当中表现了刘克庄对理学的不同态度。刘克庄在日常生活中长期与理学人士往来，他的诗歌中也常常展现理学人士的儒者形象，其中可窥探南宋中后期时理学因素在诗歌中的渗透。②

---

①　侯体健：《刘克庄的文学世界：晚宋文学生态的一种考察》，复旦大学出版社2013年版，第206页。

②　现有研究提到理学观念对诗歌渗透方面，主要有理学立场在诗歌中的表达，或是对"孔颜乐处"的追寻，或是在咏物诗中得以体现。

一、诗歌中的理学家形象

刘克庄诗歌中塑造的理学人士形象有许多①,有如蔡宣子开筵讲学的名士形象,有如颜、曾等安贫乐道的形象,还有供职于书院的教授、主学等下层理学士人的形象。他们或粪土功名,或积极从事教育事业,或有不甘沉于下僚的心理,这些在刘克庄的诗歌中都得以展现。如《蔡伟叔讲〈通书〉》:

蒋君易学高无助,蔡子重来讲杏坛。绛帐先生移席听,青衿学士堵墙观。举扬霁月光风易,笺注先天太极难。稳坐虎皮挥麈尾,岂知春雨客毡寒。②

蔡伟叔,名宣子,王迈《题名士蔡伟叔宣子文集》:"书眼昏眵久,今逢刮膜篦。诗编云岫序,文卷水心题。富艳濯江锦,清寒印月犀。行行遇知己,莫叹橐无赍。"又题下自注:"云岫陈侍郎说为伟叔作诗序,叶水心跋其文。"叶适《水心集》水心先生文集卷二十九前集《题蔡君进书后》:"蔡君两书,文词温雅,所论皆田里实利害也。……余不识君,而嘉其有忧民之心,姑题于末。"③可见,蔡宣子在当时是一位理学名士,叶适、王迈、刘克庄等皆闻其名,并称赞其所著文集。《通书》为北宋哲学家周敦颐撰。朱熹认为,此书原名《易通》,并曾为之作注。"绛帐先生移席听,青衿学士堵墙观"描绘了蔡宣子讲《通书》时,学子堵墙而观的盛况,塑造了一位"稳坐虎皮挥麈尾"的理学名士形象。

---

① 在本书第二章第二节已经列出与刘克庄交往的理学士人。
② (宋)刘克庄著,辛更儒笺校:《刘克庄集笺校》,中华书局2011年版,第552页。
③ 曾枣庄主编:《宋代序跋全编》,齐鲁书社2015年版,第4702页。

第四章　儒者刘克庄：理学因素对诗歌的渗透

与蔡宣子一样，在当地较有名望的理学士人还有潘柄、陈均（潘柄，考亭门人。陈均，福公族子。皆年七十余而客死），刘克庄《书事二首》以挽诗的形式展现了他们作为理学名士安贫乐道的高尚人格：

  谦之绋翣迎归福，平甫灰钉送返菁。空累两家营后事，仅留四壁遗诸孤。学徒谁是单传者，史藁曾经乙览无。贫富皆当终牖下，招魂何处有神巫。
  二士平生极好修，箪瓢之外尚何求。暮年更傍谁门户，故国宁无某水丘。华簀殊非爱曾子，短衾自可覆黔娄。小车处士差安稳，十二行窝取次游。①

《闽中理学渊源考》卷二十七："潘柄，字谦之，怀安人，父滋，林公之奇高弟也，黄勉斋尝受业焉。兄植，字立之，工于文，不赴场屋，励志潜修，专以务实为本。兄弟承父命，俱往事文公于武夷，公称曰：立之有说得到处。先生年十六，即有志于道，文公悉以所学授之，遂取圣贤格言为训。又以《吕氏乡约》隐括继其后，凡存心养性之道，律己治人之功，条目具列，终身所行不出于此。著《易解》《尚书解》，学者称瓜山先生。"②潘柄与父潘滋、兄潘植都是理学家，潘滋是林之奇的高弟，黄榦曾从其学；潘植不赴场屋，以务实为本；潘柄和其父兄都从朱熹学，是理学的正宗。《（弘治）八闽通志》卷七十一："陈均，字平甫。俊卿从孙。安贫力学……端平初，时宰言于朝，下福州取其书，赐迪功郎，不受。"③陈俊卿是孝宗时宰相，陈均可谓系出名门。刘克庄两诗赞赏潘柄和陈均"好修"的学术涵

---

① （宋）刘克庄著，辛更儒笺校：《刘克庄集笺校》，中华书局2011年版，第780页。
② （清）李清馥撰，徐公喜等点校：《闽中理学渊源考》，凤凰出版社2011年版，第363页。
③ （明）黄仲昭修纂；福建省地方志编纂委员会旧志整理组，福建省图书馆特藏部整理：《八闽通志》，福建人民出版社1991年版，第706页。

一、诗歌中的理学家形象

养,最后一句用安乐窝典,宋邵伯温《邵氏闻见录》卷二〇载,北宋理学家邵雍名其居室为安乐窝,其所交游者十余家仿安乐窝为邵雍造屋,接待他来访,称为"行窝",刘克庄以此典赞赏了潘陈二人生活清苦而安贫乐道的高洁品格,可与北宋邵雍相媲美。由此,潘柄和陈均安贫乐道、以德行修养为重的人物形象得以展现出来。

与潘陈二人安于贫苦之状而不改行志不同,有的理学士人希望能以所学为国效力,表现出理学世俗化的倾向。刘克庄在《题余干姚三锡〈书钞〉》中说:

顷传汤序心倾挹,兹得姚钞手阔开。朱子所疑非孔传,汉儒之罪甚秦灰。时清纵未经筵召,岁晚宁无掌故来。揽辔远臣惭力薄,不能为国论遗材。①

姚三锡今无考,从诗中用朱熹怀疑汉代孔安国所传《古文尚书》为伪书之事,可看出刘克庄在批评汉儒章句之学和牵强附会的解经风气,认为这样的罪过大于秦始皇焚书之举,据此可推测姚三锡的《书钞》是宋代以来怀疑批判之风兼理学以义理解经风尚的结合,具有宋代儒学的特点。后两联写姚三锡现在虽未被朝廷征召,但迟早会被授予官职,刘克庄在这里对自己力量薄弱表示惭愧,不能为其举荐,正是从反面说明了姚三锡欲从官效力的愿望。同样流露出欲效力朝廷想法的还有吴燊,《夜读乐平吴燊〈书钞〉用与伯纪韵》中说:

病思羁怀少豫忻,暮年犹幸友多闻。千枝管秃因稽古,一啜芹甘欲献君。明主何曾轻朴学,后儒大率读今文。藏山俟圣吾侪事,何必

---

① (宋)刘克庄著,辛更儒笺校:《刘克庄集笺校》,中华书局2011年版,第928页。

时人好子云。①

不同于上一首不能荐举姚三锡的委婉说辞，诗中以"千枝管秃因稽古，一啜芹甘欲献君"一句直接道出了吴燊作《书钞》的目的，即"献君"。由此，南宋中后期的理学人士并非全部都像蔡宣子、潘柄、陈均那样甘于贫苦，远离尘世，而是带有一定的政治目的，"藏山俟圣吾侪事，何必时人好子云"一句似有不得被召的无奈之感，这也就是理学世俗化后给当时理学士人带来的心理上的变化。同时理学的世俗化使得理学的散布更广阔，也就对诗歌的影响越来越大。

刘克庄诗歌中极力刻画的一类理学人士，是供职于书院的山长、教授、主学、主课、宫教、助教等，他们大多是通过科举而被选拔出来的士人，熟通科举之时艺，以教书授业为生。刘克庄在诗歌中展现了这一群体的生命、生活状况，以及郁郁不得志的悲寥之情。他们精于科举艺业、擅长教学，然而却空守"冷官"。《方岩尹主课渔溪》中说：

> 君于场屋素称雄，非止原夫一技工。贯虱心推白社族，执牛耳属紫薇公。乌衣子弟如康乐，绛帐先生得马融。看得龙飞第一榜，联翩奏赋冠南宫。②

主课，即县学主学一类，宋代理宗景定三年（1262）始设，主一学学政、学粮、学产等，以经术、行义训导考核学生，执行学规。这类主学、教授等大多是进士出身。由于是科场出身，所以他们熟悉科举时艺，刘克庄即称其称雄于场屋。此诗分别以五个典故来描述方岩尹：以《列子·汤问》射虱之典形容其技艺精绝，以《晋书·董京传》中魏晋时隐士董威辇流落洛阳曾寄居于白社，来说明方岩尹隐士的隐居志向；以《左传·哀公十

---

① （宋）刘克庄著，辛更儒笺校：《刘克庄集笺校》，中华书局2011年版，第912页。

② （宋）刘克庄著，辛更儒笺校：《刘克庄集笺校》，中华书局2011年版，第2031页。

一、诗歌中的理学家形象

七年》执牛耳事比喻其教学中的领导地位;以东晋时王导谢安等世家大族居于乌衣巷的贵族子弟,比喻方岩尹教授的学生身份;以《后汉书·马融传》"常坐高堂,施绛纱帐,前授生徒,后列女乐"中的红色帐帷代称其师长身份。诗中描绘了方岩尹既得理学真传,又像汉代马融一样施教于高门子弟,最后表达了学于其门下的弟子都能考取科举功名的愿望,侧面加深了方岩尹称雄场屋、善于治学的塾师形象。事实上,南宋许多理学士人通过科举考试而掌授地方书院职权,如包恢(1182—1268),宁宗嘉定十三年(1220)进士,调金溪簿;先后为光泽簿,建宁府学教授。欧阳守道,理宗淳祐元年(1241)进士,后讲学白鹭洲书院,为岳麓书院副山长。汤汉(1202—1272),理宗淳祐四年(1244)进士,授上饶县主簿,以荐改信州教授兼象山书院山长。在当时,教授于地方书院是许多理学士人的共同经历。

这部分供职书院的教授、助教等虽然能称雄场屋,但是地位不高,处于下层,是"冷官",甚至受到"嘲笑"。刘克庄《挽王助教》:"鲁泮郎君秀,唐官助教卑"即一例,《送龙岩林主学子济》就这样劝慰说:

官冷君行勿鄙夷,儒风未有盛斯时。进青衿子陈新义,为紫阳公广旧规。然否听人来议政,尊严无士敢嘲师。齑盐堪饱芹堪采,况值文翁适拥麾。①

刘克庄对林子济主学宽慰道:虽然主学的官职很小,但是现在儒风大盛,所以不要对此感到鄙夷,并勉励其为广大学子开讲新义,也为紫阳公朱熹扩展书院旧规,是非由人评论,而儒师的尊严却无人敢嘲笑,唐韩愈《韩昌黎文集》卷八《送穷文》:"太学四年,朝齑暮盐。惟我保汝,人皆汝嫌。"齑盐是咸菜,喻清苦生活。"采芹",科举时代称考中秀才入学做生员为采芹。尾联以"齑盐"和"采芹"说林子济生活清苦却培养了许多科考学

① (宋)刘克庄著,辛更儒笺校:《刘克庄集笺校》,中华书局2011年版,第1821页。

子,在科举中像指挥军队一样掌握着令旗,强调了林子济的重要作用。从刘克庄的宽慰之语中可以看出,这类底层的理学士人并不太受到尊敬,地位不高使得他们心生对自身处境的鄙夷之情。类似还有《送潮阳方主学梅卿》(方和仲):

芹泮人人陶圣化,花封处处置师儒。遥知避席来听讲,犹胜开门自授徒。官比郑虔尤冷甚,士如赵德岂今无。朝家调守方刓印,且可相依县大夫。①

赵德,唐大历十三年(778)进士。唐元和十四年(819),韩愈贬任潮州刺史,重置乡校时,延请赵德为海阳县尉,专门管理州学。从此以后,潮州文风蔚起,英贤辈出。刘克庄以唐代善于治学的赵德比喻方和仲,在儒风兴盛的时代,书院教育也开始蔓延开来,这比开门自授生徒的范围和影响更加广大,塾师的作用在这样的背景下得到了强化,刘克庄诗中正反映了南宋中后期这一突出现象。其他如《送方善夫赴鹭洲山长二首》其一:"奎画煌煌天上来,遥知系马向堂阶。官衔怪得清如许,文馆虽然冷亦佳。尚论乡先宜合祀,旧传潮学各分斋。未应久作诸侯客,帝有熏琴待汝谐。"②亦说方善夫作为山长,却遭冷落,但授业解惑之事,实在是非常重要,同时,其才能不应该使其沉沦下僚,而应戮力朝廷,其二也说"明师不患无高弟,大匠何尝有弃材",③可见刘克庄对作为供职书院的理学人士的才能学问表示认可和钦佩,对他们教书育人之业表示了尊敬,同时又对他们处于底层地位深怀同情。

---

① (宋)刘克庄著,辛更儒笺校:《刘克庄集笺校》,中华书局2011年版,第1999页。
② (宋)刘克庄著,辛更儒笺校:《刘克庄集笺校》,中华书局2011年版,第1796页。
③ (宋)刘克庄著,辛更儒笺校:《刘克庄集笺校》,中华书局2011年版,第1796页。

刘克庄与理学有着天然紧密的联系。他的祖父刘夙、叔祖刘朔、父亲刘弥正、季父刘弥邵都为理学传人，刘克庄可谓生于一个理学世家，其后他又拜理学家真德秀门下，嘉定元年(1208)真德秀任馆职时刘克庄曾上门拜访，宝平元年(1225)真德秀罢官退居家乡浦城，浦城为建阳邻县，刘克庄正式拜入其门下，林希逸《宋修史侍读工部尚书龙图阁学士正议大夫致仕莆田县开国伯食邑九百户赠银青光禄大夫后村先生刘公行状》说："西山还里，公以师事，自此学问益新矣。"同时刘克庄还与西山门人王迈、汤汉、汤巾等交往密切、结为挚友，刘克庄《寄汤伯纪侍郎二首》其二说："遥知洛下诸君子，应笑侬诗老放颠。"①《次韵汤伯纪送别二首》其二："析理自应重讲席，论文吾合竖降旗"②。刘克庄寓居莆田时，与艾轩学派门人林希逸、陈藻等也颇多唱和，晚年时还与徐明叔等讨论切磋理学义理。刘克庄笔下描绘的这些理学士人，不同于以往理学家给人的刻板印象，而是具有浓烈生活气息和情感特征的人物，如此用大量笔墨刻画理学士人的诗歌在北宋是不曾有的，这是刘克庄所处的南宋中后期赋予诗歌的生活主题，也是诗歌题材上对于"日常化"的一个补充。

二、对理学的矛盾态度

刘克庄在诗歌中展现了南宋中后期传统理学家和供职于书院的理学士人形象，他们的生活状态不尽相同，他们的价值取向也不可一概而论，这就导致了刘克庄对他们的评价不一。作为诗人同时又受到理学一定影响的刘克庄，他的态度反映出他对理学的即与离。如《题张元德著作〈春秋解〉二首》：

---

① （宋）刘克庄著，辛更儒笺校：《刘克庄集笺校》，中华书局2011年版，第910页。
② （宋）刘克庄著，辛更儒笺校：《刘克庄集笺校》，中华书局2011年版，第934页。

第四章 儒者刘克庄：理学因素对诗歌的渗透

  端平俱辱弓旌召，鹓鹭逍遥各不同。笑我赭衣钳楚市，愧君白帽老辽东。董迂因被公羊误，杜癖惟于左氏忠。晚取诸家高束起，且看渠与意林公。

  白头召置石渠中，将析微言合异同。灵寿不扶汉庭上，儒衣空立鲁门东。谁云丞相知殷侑，漫费君王遣所忠。犹觉暮年有遗恨，书成未及质文公。①

  张元德即张洽，刘克庄在《友人李先辈丑父》诗中对不能像张洽那样不为名利所累而感到惭愧，"此生到死惭三士，本自难招况易麾"一句下注"端平初元（1234），召审八士，余预焉。惟张洽、赵端颐、范炎三君子，力辞不至"。此诗宝祐三年（1255）作，刘克庄奉祠居家，时刘为戴罪之身，故称赭衣。第一首颈联以汉董仲舒治《公羊》，晋杜预癖好《左传》为喻，说明张洽对《春秋》的醉心，尾联对张洽的学术涵养表示高度赞扬，说理学诸家之说皆只能束之高阁，只有看张洽和意林公的著书。意林公据题下自注"皆临江人"，指北宋刘敞（1019—1068），刘敞字原文，临江新喻人；张洽（1161—1237）亦临江清江人。陈振孙《直斋书录解题》卷三："集贤院学士清江刘敞原父撰，始为权衡以平三家之得失，然后集众说，断以己意，而为之传。传所不尽者，见之《意林》，其传用公穀文体，说例凡四十九条。"以刘敞为喻，说明张洽所著《春秋解》的高妙。第二首承上一首"端平俱辱弓旌召"，说"白头召置石渠中，将析微言合异同。灵寿不扶汉庭上，儒衣空立鲁门东"，同样是说张洽不为朝廷征召，表现出人格独立的理学家风范，刘克庄对此表示赞赏。这表明，刘克庄对于张洽这种敢于独立于政治之外的儒者是有强烈钦佩之情的，对他们保持"真儒"的作风和道德的操守表示尊敬，反过来又对自己不能做到远离世俗表示惭愧，可见在刘克庄心中，张洽这类以道德修养为准的理学士人是尤为其所看重的。与张洽一

---

① （宋）刘克庄著，辛更儒笺校：《刘克庄集笺校》，中华书局2011年版，第1211页。

二、对理学的矛盾态度

样保持操守的还有李燔、李方子、洪天锡等,刘克庄《怀李敬子》中说:"此士今徐孺,柴扉肯妄开。空闻羔雁去,不见凤麟来。庐阜寻僧出,东湖赴讲回。何由操杖屦,林下再相陪。"①又如《访李公晦山居》:"乌洲在桥北,我仆云路迂。语仆尔何知,彼有高士庐。……伊人道义富,岂比山泽臞。萧然蓬蒿中,尚友泗与洙。……圣门不朽事,乃属陋巷儒。愿君长保此,是亦颜之徒。"②以及《用洪君畤韵送徐仲晦赴乡郡二首》:"君于外物一毫轻"等诗都是称赏理学家不慕仕进的价值观。

刘克庄《再题钟贤良咏归室》诗中的这位儒者形象,即远离朝廷、专心学术的代表,然而刘克庄的态度却发生了改变:

> 伏羲以来凡几年,《六经》之外凡几书。
> 人间简册渺烟海,君以约法包无余。
> 往年华毂临敝庐,舌端雪卷俄电舒。
> 平欺贾董等下驷,冷笑服郑贡蠹鱼。
> 千询万叩答如响,扪腹始愧吾空虚。
> 伯高辟易季度走,六论三策何时摅。
> 又言诸子皆丈夫,经笥武库随所须。
> 观君毛骨老犹尔,惜也未见雏与驹。
> 方今主相求极谏,君曷不携轵辙俱?
> 自云素鄙纵横学,尚友洙泗谈古词。
> 堂堂晚辂岂不好,却慕点也宁非迂。
> 行当端委秉《周礼》,未可春服从鲁儒。③

---

① (宋)刘克庄著,辛更儒笺校:《刘克庄集笺校》,中华书局2011年版,第256页。
② (宋)刘克庄著,辛更儒笺校:《刘克庄集笺校》,中华书局2011年版,第390页。
③ (宋)刘克庄著,辛更儒笺校:《刘克庄集笺校》,中华书局2011年版,第456页。

"咏归"即源自《论语·先进》:"暮春者,春服既成,冠者五六人,童子六七人,浴乎沂,风乎舞雩,咏而归。"意指知时处世,游乐逍遥。钟贤良,据居简《北磵文集》卷五《送钟贤良序》:"王宣子未几登甲科,贺者及门,则蹙頞而作曰:'吾仅费数百金买麻沙一沓纸,故而至此也,何以贺为?'或谓其轻朝廷,非知言也,轻场屋耳。永嘉钟君,少负不羁,少长作举子业,壮而耻与琐屑灭裂者伍。十年闭关,夜灯晓窗,博观约取,习大科,业成而不试。游大搢绅间,不小低簪,落落寡合无余赀。有两佳子,天其或者俾责偿于斯乎。老我山林,无用于世,惜有用者,不为世用,岂拙于用大者,独惠子之与漆园吏也耶。"据此可知,钟贤良耻与举业者为伍,"业成而不试",他并没有参加科举,贤良并非"贤良方正科",疑其或为名字。诗中描绘了一位博学多才、精通六经的儒者形象,刘克庄首先赞叹了钟贤良博览全书、学富五车,有名望之人皆来拜访,说明其声名远播。继而又将钟贤良与西汉贾谊、陆贾,东汉服虔、郑玄等汉儒相比,刘克庄说汉儒都是下驷,即下等劣马和蠹虫(因其体带银白细鳞,似鱼,故称。亦称"书鱼""纸鱼""白鱼"),钟贤良是胜于汉儒的,他"自云素鄙纵横学,尚友洙泗谈古词",表现出对科举和功名的不屑,追寻圣贤一样"生人类、立天地,依于人心之理义"的真理。与之相比,诗人自己也感到相形见绌。然而与此前对理学家安贫乐道的赞赏态度不同,刘克庄劝钟贤良应当像苏洵、苏轼、苏辙父子那样去考取功名,在他看来,像曾皙那样的鲁儒是有点迂腐的。究其态度转变的原因,笔者认为主要是刘克庄的儒者身份与政治立场之间的冲突。此诗作于宝庆元年(1225)至绍定元年(1228)之间,刘克庄受到傅伯成荐举,真德秀也称赏其才学,后刘克庄出知建宁府,专致于吏事,《陈敬叟集序》:"宝庆初元,余有民社之寄。平生嗜好,一切被弃之,专习为吏。勤苦三年,邑无阙事,而余成俗人矣。"[1]刘克庄是有政治抱负的,在为官期间,一切嗜好包括诗歌等皆被弃,郑清之也称

---

[1] (宋)刘克庄著,辛更儒笺校:《刘克庄集笺校》,中华书局2011年版,第3973页。

二、对理学的矛盾态度

其吏才,说"潜夫真才吏,为文名所胜,故人不尽知之"①。可见,刘克庄此时正是政治得意之时,他的政治热情压倒了一切,包括文学、理学等方面。所以,面对钟贤良不慕仕进、一味咏归的态度,刘克庄是持些许批评态度的,他认为理学士人应当出仕为国效力,不可做一个"腐儒"而苟于明哲保身。

刘克庄能有这样的态度转变其实并非矛盾,只是取决于他以什么样的身份和眼光来看待理学人士的生活状态和价值取向。其实,刘克庄最初投于西山门下,也是出于政治因素。刘克庄在《西山与李用之书》中说:"当先生自礼侍免归也,流言方哗,后祸叵测。道遇某尚书被召,谒之,其人辞以疾,不出见。某舍人,先生故吏也,入都不敢由浦城,迂涂取上饶而西。且天子初无怒先生,意其所交游,万无连坐之理,而人情过于避就如此。"②真德秀因言"济王事"③而遭贬,尚书、故吏皆与真德秀划清界限,害怕担罪,刘克庄却在真德秀罢官居乡之际拜入其门下,其举动暗含有表明政治立场的态度。总的来说,刘克庄多以官僚、诗人的身份和眼光去看待理学家的生活状态和价值取向,如其为季父刘弥邵所作挽诗《季父习静哀诗四首》其四中所说:

> 易学纷纷各著书,独于师说着功夫。涪翁旧传七分止,邵子先天一画无。不遣耆英陪讲读,空留章句授生徒。即今黄策方施用,姑可藏山待后儒。④

---

① (宋)刘克庄著,辛更儒笺校:《刘克庄集笺校》,中华书局 2011 年版,第 7547 页。

② (宋)刘克庄著,辛更儒笺校:《刘克庄集笺校》,中华书局 2011 年版,第 4217 页。

③ 嘉定十七年(1224),宋宁宗病死,他以远枝宗室身份被宰相史弥远矫诏拥立为帝。原被宁宗定为皇位继承人的济王赵竑被软禁在湖州,受潘壬兄弟的拥戴,被胁迫卷入未遂政变(湖州之变)。理宗与史弥远为消除后患,迫其自缢。面对朝野非议,他与史弥远采取了钳制人口的高压政策,甚至以文字罗织罪名。一些正直的儒臣为捍卫纲常伦理,一有机会就为济王鸣冤。

④ (宋)刘克庄著,辛更儒笺校:《刘克庄集笺校》,中华书局 2011 年版,第 954 页。

第四章 儒者刘克庄：理学因素对诗歌的渗透

此诗从季父所著易学著作《易稿》说起，说明季父的学术高妙，用功精深，黄策指科举考试中选入的试卷，后两句说明季父空守乡里、授书讲学的生活，其中"不遣耆英陪讲读，空留章句授生徒"中"不遣""空留"尤见刘克庄对季父无施于政治的遗憾之情。

与此同时，诗人的身份在刘克庄那里也常常压倒理学。真德秀曾在编选《文章正宗》时，将"诗赋"一门交由刘克庄，《题郑宁文卷（西山作跋）》中说：

> 昔侍西山讲习时，颇于函丈得精微。书如逐客犹遭绌，辞取横汾亦恐非。筝笛岂能谐雅乐，绮纨元未识深衣。嗟余老矣君方少，勤向师门扣指归。①

此诗作于端平元年（1234），时真德秀为福建安抚使，以机幕辟刘克庄，除将作监簿兼帅司参议官。其题下自注："西山先生编《文章正宗》，如《逐客书》之类止作小字附见。内诗歌一门，初委余裒辑。余取《秋风辞》，西山欲去之，盖其议论森严如此。郑君试以此意求之，可也。"真德秀编《文章正宗》，将刘克庄所选《秋风辞》除去，又如《逐客书》只得小字见，诗中"书如逐客犹遭绌，辞取横汾亦恐非"正是记录了这一件事。显示出了其与真德秀为代表的理学家诗歌审美的不同。真德秀看重选文的正统价值观，对于刘克庄所选武帝《秋风辞》，因其关涉风化，真德秀将其删去，而刘克庄更从文人的身份偏重情感和文采，对理学家对待诗文的做法也颇有微词，他在《吴恕斋文集序》中说："近世贵理学而贱诗赋，间有篇咏，率是语录、讲义之押韵者耳。"又说："经义策问之有韵者耳，非诗也。"②认为理学家贱诗赋的态度不可取，其所作之诗也不过是押韵之文而

---

① （宋）刘克庄著，辛更儒笺校：《刘克庄集笺校》，中华书局2011年版，第569页。

② （宋）刘克庄著，辛更儒笺校：《刘克庄集笺校》，中华书局2011年版，第4596页。

已。傅君劢在《文与道：道学的冲击》"南宋后期：道德自我的诗学"一节中说："南宋中叶，文士开始自我调节于道学的观念世界。……有些作家，如严羽与永嘉四灵，其诗学主张基本上将所有社会、道德哲学关怀让渡于道学，而另辟艺与'诗'之境。其他作家如戴复古与江湖诗人，则为'艺'留下一席之地，以对抗道学的侵蚀，但像陆游一样，他们也开始认为'艺'应服务于呈现自我内核——道学所谓的性与心——这一艰巨任务。戴复古等人这种为诗辩护的方式，成为南宋末年重要作家的用力之所在。"①刘克庄的诗歌观念与戴复古等为诗辩护的观点相同，显示出与理学保持一定距离的态度。

虽然刘克庄在政治和诗学上都与理学保持距离，但在实际生活当中，刘克庄却时常表露舞雩之乐和隐归志向。从上述刘克庄的诗歌来看，不难发现其与理学的关系愈渐紧密，表现为对底层理学人士的生命、生活关注，以理学人士的日常生活状态来刻画人物形象，又注重以描绘具体场景的方式来呈现人物活动。如蔡宣子讲学时"绛帐先生移席听，青衿学士堵墙观"的场景化描写，对林子济"官冷君行勿鄙夷"的心理刻画，以及描写处于底层地位、身居"冷官"的一系列塾师形象等。这些都是理学世俗化以后使得理学走进诗人的生活，在日常中实实在在目睹他们的生活现状、接触到他们的思想后，在诗歌中展现出来的。除了对外在人物的描绘，理学思想同时也常反映于刘克庄自己的日常生活中，如《贫居自警三首》其二：

赤粟黄虀味最深，此生不恨老云林。鬼神每瞰高明室，天地皆知暮夜金。夸士燃脐犹殉货，先贤覆首或无衾。一瓢千驷同归尽，莫为浮云错动心。②

---

① [美]孙康宜、宇文所安编：《剑桥中国文学史上1375年之前》，三联书店2013年版，第546页。
② (宋)刘克庄著，辛更儒笺校：《刘克庄集笺校》，中华书局2011年版，第554页。

第四章 儒者刘克庄：理学因素对诗歌的渗透

此诗作于绍定二年（1229）至绍定六年（1233），刘克庄自知建阳令任满后，除承议郎潮州通判，赵至道诬其嘲咏谤讪，改主仙都观。又《宋修史侍读工部尚书龙图阁学士正议大夫致仕莆田县开国伯食邑九百户赠银青光禄大夫后村先生刘公行状》云："得倅潮州，赵至道犹以嘲咏谤讪弹之，毒由梁、李也。"宝庆三年（1227）时，梁成大、李知孝诬刘克庄作诗谤讪时政（梅花诗案），至此赵至道重提诗案以陷刘克庄，或亦是梁、李二人授意。诗歌中展现了刘克庄退居后的乡村生活，虽然解印而归，但是自在享受着贫中之乐，还勉励自己莫为名利等浮云动心，这俨然是理学安贫乐道思想的直接表述。同时期创作的还有《进德》：

进德功夫有浅深，一毫间断即差参。醉无谬误明持敬，怒亦中和见养心。为善岂须朋友责，积勤常若父师临。向来岁月悠悠过，垂老方知痛自箴。①

如果说上一首以描绘乡居状态还带有生活气息的话，这一首就完全是说理性质的理学诗了。诗歌中勉励自己要时时注重德行的修养，不可有丝毫差错，要以持敬、养心为务。此时刘克庄正是青年时期，正是对政治怀有高度热情之际，他可以为了吏事而荒废诗歌创作，郑清之等叹赏他的政治才能被诗名掩盖，真德秀在朝也极力荐举他，那么诗歌中不为浮云动心的表现，只可解释为因为政治上的坎坷而转向在理学的修心养性中寻找心灵的慰藉，这与传统文人进而致君尧舜，退而淡泊自守的价值观是一样的。但是他是真的对理学如此服膺吗？还是只要在政治失意时就表现出对理学的向往？显然刘克庄的态度并不这么明朗。嘉熙四年（1240）刘克庄为广东转运判官时，其所作《兼诸司二首》中说：

---

① （宋）刘克庄著，辛更儒笺校：《刘克庄集笺校》，中华书局 2011 年版，第 558 页。

二、对理学的矛盾态度

白头忽有印累累,符牒如山退食迟。但见旋添庭下事,不知顿减集中诗。

只是从来疏拙身,而今结驷昔悬鹑。伯鸾老去无遗恨,独忆同操井臼人。①

此时期刘克庄对政治的兴趣已经开始淡化,从诗歌中可以看出对上任做官的态度是"白头忽有印累累",此年刘克庄已经 54 岁,对诗歌的喜爱程度超过了年轻时候,觉得公务的繁忙让自己诗歌创作减少,是他不愿意的,这与此前他忙于吏事而废绝诗歌的态度是不一致的。第二首中他自比梁鸿(伯鸾),开始向往隐居的生活,回忆起与妻子在一起过平凡生活的日子。政治理想淡化的同时,是诗歌中理学思想的增加,他常常以儒者自称,如《题唐察院诗卷二首其一》中说:"小儒可是通身胆,拟为坡仙注大全。"②又在诗歌中流露欲解去职务而乐享天年的生活愿意,《题萧令山则文编二首》其二中说:"人生蝉冕腰金印,未抵斑衣膝下娱。"③虽然对为官在朝不那么热衷,但是南宋的严峻现实又勾起其责任感与对国事的关注,《灯夕二首呈刘帅》其二中说:"陌上游人趁筦弦,岂知君相尚筹边。细听野老交谈处,犹记兵端未动前。草市收灯如许早,端门瞻跸定何年。书生晚抱忧时志,归画残灰理旧编。"④表明了自己心系国事却无能为力之憾。在这种无力为之的状态下,刘克庄在观照自我的身份时,就呈现出与理学靠近的状态,其《次韵刘帅出郊一首》:

---

① (宋)刘克庄著,辛更儒笺校:《刘克庄集笺校》,中华书局 2011 年版,第 713 页。
② (宋)刘克庄著,辛更儒笺校:《刘克庄集笺校》,中华书局 2011 年版,第 729 页。
③ (宋)刘克庄著,辛更儒笺校:《刘克庄集笺校》,中华书局 2011 年版,第 728 页。
④ (宋)刘克庄著,辛更儒笺校:《刘克庄集笺校》,中华书局 2011 年版,第 733 页。

第四章 儒者刘克庄：理学因素对诗歌的渗透

竞逐朱辀载酒行，熙熙物态与人情。浴沂我欲寻儒服，涉洧公方厌郑声。试问冶容遨夜市，何如赤脚镘春耕。故山瓜圃应无恙，老去深知愧邵平。①

在这次出游中，刘克庄想到的是曾子"风乎舞雩，咏而归"的场景，这与此前评价钟贤良"却慕点也宁非迂"的态度截然相反。他也开始向往悠然自乐、镘陇春耕的自在生活，引用汉初种瓜的隐士邵平之典表明自己愿做隐居山野一老农的愿望。《次韵李仓春游一首》也说："秧马从今渐可行，林鸠未好便呼晴。敢云使者乘轺传，聊为君王式耦耕。有一日留忧职旷，无三宿恋觉身轻。此生不复持高论，愿友台佟与尚平。"②台佟是东汉时隐于武安山的隐士，凿穴为居，采药自给。尚平指东汉尚长，为子嫁娶毕，即不复理家事。刘克庄于诗中表示愿与台佟、尚平一样的隐士为友，即表明自己的隐居之志。但是刘克庄毕竟不可能成为老农，也不可能完全摒弃掉自己为官的经历和曾经的壮志凌云，所以在用理学为治愈心灵的良药的同时，常常流露出无奈和不甘之情。刘克庄在与从弟刘希仁的《闻居厚得祠复次韵二首》其二中说：

稍欣公议白，又报喷言行。上漫招东马，人方毁李程。迎来新观主，伴取老师兄。汉士方云合，何须鲁两生。③

此诗作于淳祐二年（1242），时刘克庄主管崇禧观，头年因侍御史金渊奏请寝其召命，于是刘克庄自广东转运使奉祠后入乡里居。诗中对从弟刘

---

① （宋）刘克庄著，辛更儒笺校：《刘克庄集笺校》，中华书局2011年版，第738页。
② （宋）刘克庄著，辛更儒笺校：《刘克庄集笺校》，中华书局2011年版，第739页。
③ （宋）刘克庄著，辛更儒笺校：《刘克庄集笺校》，中华书局2011年版，第763页。

希仁本应升迁却得祠而归的遭遇表示同情，其中刘克庄以儒者自居，"汉士方云合，何须鲁两生"一句对两人相同的命运流露出叹惋之情，同时又包含几分不甘。作于同年的这首《甲辰春日二首》其二把不见召用的不平之情表现得更为明显：

> 学问过时已悍坚，文章垂老未精专。熏琴何患无赓载，秋扇明知有弃捐。旧读温寻浑不记，新吟锻炼久方圆。此生幸不当词翰，免被人嘲上水船。①

诗中说自己学问悍坚而文章未得精，但是人才济济，朝廷不患没有人才可用，自己就像秋天被弃置的团扇一样。以秋扇被弃的遭遇暗示了自己不被召用的不平心理。

从刘克庄在政治和理学中徘徊的矛盾中，可以看出理学思想对刘克庄的影响。《用王去非侍郎韵二首，送林元质提干秩满造朝，并呈侍郎》其一中说："戍满归来薇亦刚，策名不觉十年强。素无沂国三场志，曾有西山一瓣香。晁董未能免科举，孔颜方可语行藏。要为天下奇男子，宁论区区国与乡。"②即用孔颜之行藏表明自己的志向。除了对自己经历的感叹外，还常以理学中的节操、孔颜乐处等来劝慰他人。刘克庄《送居厚弟堂禀二首》其一中说："俱被光华遣，同归寂寞滨。吾灾因抱椠，子咎在埋轮。记忆烦明主，招徕到远臣。要须留晚节，它日白先人。"③对刘希仁得奉祠而劝慰说是保留晚节。刘克庄到了晚年仍与理学人士交往密切，并常常以义理切磋为乐，《寄题徐仲晦须友堂二首》二首中记叙自己乐意与徐明叔研讨

---

① （宋）刘克庄著，辛更儒笺校：《刘克庄集笺校》，中华书局2011年版，第782页。

② （宋）刘克庄著，辛更儒笺校：《刘克庄集笺校》，中华书局2011年版，第775页。

③ （宋）刘克庄著，辛更儒笺校：《刘克庄集笺校》，中华书局2011年版，第761页。

第四章 儒者刘克庄：理学因素对诗歌的渗透

理学义理之事：

> 病翁岁晚朋从绝，细读高文面发惭。士贵切磋宁独学，僧虽苦硬有同参。名堂盖取伦之五，开径那无益者三。见说户庭来不拒，傥分半席待楞庵。
>
> 西山仙去各离群，穷达区区不足云。仅有尹谯守伊洛，更无房魏说河汾。虎皮子盍阐新义，蠹简予方辑旧闻。何日寒驴载樽酒，一灯析理更论文。①

此诗作于宝祐三年(1255)，刘克庄时69岁，此年提举明道宫满，依旧职处江淮等路都大提点坑冶铸钱公事，以年老衰病辞任不赴。题中的徐仲晦，即徐明叔，据《闽中理学渊源考》卷三十三《侍郎徐择斋先生明叔》："徐明叔，字仲晦，晋江人，父伯嵩。理宗绍定五年进士，辟江淮制幕，秩满，干办广漕，清节益励，除太学录，通判漳州。以廉闻知英德府，猺寇不敢犯，召为国子监丞。潮寇起，命知潮州，捕戮渠魁，除直秘阁。江右宪岁歉发，义仓赈民，迁户部侍郎，改兵部。会元兵南下，忧愤卒。明叔学有源委，与洪天锡齐名，人称择斋先生。"②可知徐明叔与洪天锡齐名，是一位颇有名气的理学家。第一首写徐仲晦须友堂名字来源，并说学术当贵于切磋。紧接着第二首即说切磋的内容，即理学义理。刘克庄与徐明叔皆得到真德秀赏识，刘克庄于端平元年(1234)春召赴行在，时真德秀知泉州，欣赏刘克庄之才，于是辟之为将作监簿兼福建帅司参议官。期间，刘克庄从真德秀门下学。徐明叔亦曾与真德秀相交，《闽中理学渊源考》卷三十三："按公为西山真文忠公所鉴"。从上述材料看，刘克庄与徐明叔皆有相同的理学渊源。真德秀去世后，其门生流散，并且专于理学之人并不多

---

① (宋)刘克庄著，辛更儒笺校：《刘克庄集笺校》，中华书局2011年版，第1250页。

② (清)李清馥撰，徐公喜等点校：《闽中理学渊源考》，凤凰出版社2011年版，第455页。

了,所以刘克庄说"仅有尹谯守伊洛,更无房魏说河汾",尹谯即尹焞、谯定,皆程门弟子,房魏即房玄龄、魏徵,皆从王通门下,以此比喻西山门派,前两联是说西山去世后门户冷落的状态。后两联说徐明叔开讲新义,自己收辑旧闻,然后在须友堂切磋文理。诗中表明了晚年时的刘克庄仍然对理学怀有热忱。

总之,在理学的视野下重新检视刘克庄的诗歌,发现其诗歌中出现了许多理学人士的形象,他们或延续着传统理学家不慕仕进的节行,同时部分理学士人又出现热衷功名的心态,这类集中刻画理学士人形象和心态的诗歌是北宋不曾出现的。与此同时,刘克庄对他们仕进或隐居的态度也模糊不定,有时称赞理学人士的高洁品格,不与俗世相染;有时又劝说理学人士应该出来做官,隐居埋没是儒家迂腐的思想。而刘克庄自身,也时而表现对国事的关切,时而又自称喜爱颜子瓢箪之乐的生活。在刘克庄诗歌中,理学成为政治失意的归宿,又在失意中包含无奈和感慨,理学的思想成为刘克庄一个暂时的理想寄托。他一生关心时政,心系国家,心绝不算平静,如淳祐四年(1244)家居时听闻吕文德解围寿春府获捷,就接连唱和二十首诗,其中对自己的宦海浮沉也颇多感慨。所以刘克庄诗歌中表现出对理学的矛盾态度,实际上是自己处于不同身份(主导身份)时对理学的不自觉地运用,当他政治得意时,认为理学家退居山林是迂腐的行为,而当他政治失意时,理学安贫乐道的思想成为他的避风港和治愈良药。理学思想在其诗歌中的广泛使用反映了南宋中后期理学对诗歌的影响,这种影响在于它涉及文人自身的处境、生活和心态,从这个角度来说,理学因素在诗歌中得到了强化,成为诗人生活中可以运用和发挥的诗歌材料。

第五章 诗论家刘克庄：诗歌审美"轻清"

刘克庄与道家老庄哲学思想的关系，近年来多有研究，认为老庄思想对刘克庄诗学中自然美学观和"本色"论的构建有一定影响，[①] 而关于研究道教内丹学说与刘克庄诗歌理论的关系尚有讨论的余地。[②] 刘克庄与曾极、黄天谷等丹家关系颇为亲密，又时常与月蓬道人、钱道人等道教人士交往，所以在他的诗歌中常常表现出道教丹家的养生修炼之说，在送儿子出外为官时即说："记取元城语，南州热异常。别无卫生诀，止酒是丹方。"（《送明甫初筮十首 其八》）刘克庄本人是不信奉成仙之说的，但是他善于将道家内丹学说运用到诗歌理论中去，从而向外推崇"轻清"的审美观念。刘克庄说"新年采薇食，诗比旧年清"（《偶题二首 其二》），又说"迩来尘虑尽，勿怪小诗清"（《贫病》）。蒋寅先生认为"清"在诗学史是一个相当开放

[①] 何忠盛《论刘克庄诗学对天成之美和平淡之风的追求》（《和田师范专科学校学报》2010年第1期，第77~78页）认为刘克庄诗歌崇尚天成之美和平淡之风分别来自老庄自然哲学观和理学人性论的影响。何忠盛《论道家自然美学观与刘克庄的"本色"诗论》（《绵阳师范学院学报》2014年第9期，第36~40页）认为老庄的自然美学观对刘克庄自然天成的诗歌审美及对于"本色论"的构建具有影响。此外还有王明建《从老庄到刘克庄："自然"美学观的发展之路》（《文学评论》2007年第2期，第167~171页）等。

[②] 孙培《刘克庄诗歌中的释道二教》（《渭南师范学院学报》2013年10期，第98~102页）梳理了与刘克庄交往的释道人物，以及诗歌中出现对前代释道故事或人物，释道两家思想在刘克庄在歌咏人物、赠答诗、写景抒情诗中的体现，并提到"学诗如学仙"的诗歌理论，但没有继续深入。

的审美概念,"有广泛的包容性""派生能力强"①,刘克庄的诗歌理论"轻清"就是由"清"派生而来的。

一、极天下之轻清:借丹家之说以论诗

刘克庄常以道教丹家之说来比喻诗歌创作之难,《题戴贡士诗卷》云:"百家衣莫劳针指,九转丹能蜕肉身。"以穿针缝衣和九转炼丹比喻诗歌创作需要耗费时间和精力。同时也用来比喻诗歌创作审美的高度达到极致,"内丹仅足延龄尔,若要飞升必大丹"(《答方俊甫投赠二首元美》),"微疴真换骨,骨换不难仙"(《送德甫佺省试》),即以丹家飞升和成仙之说,比喻诗文创作达到佳境。"轻清"这一诗学概念也是借助道教丹家之说提炼而来的,刘克庄关于"轻清"的论说有以下几点:

天台王君公矩,示余古、律诗四十首,长短句十首。其轻虚如飞燕之舞于掌上,其缩敛如沐猴之戏于棘端。晋人评山涛"用少少许胜人多多许",殆为发也。前辈有"学诗如学仙"之论,窃意仙者,必极天下之轻清,而后易于解脱,未有重浊而能仙也。君之作,庶乎轻清矣。然余闻之丹家,冲漠自守,专固不,怠一旦婴儿成,颡门开,足以不死矣。此养内丹者之事,癯于山泽之仙也。若夫大丹则异于是,传方诀必有师。安炉灶必有地,致久永必有赀。又必修三千功行以俟之,及其成也,笙鹤幢节,本不期而至。王乔骖乘,韩众执辔,翱翔大清而朝于帝所,此天仙也,异乎前之癯于山泽者矣。余以其说推之于诗,凡夫家数擅名今古,大丹之成者也。小家数各鸣所长,内丹之成者也。君之学,不至于大家数不止,因序与勉之,君名与义。(《王

---

① 蒋寅:《古典诗学中"清"的概念》,《中国社会科学》2000年第1期,第146页。

第五章 诗论家刘克庄：诗歌审美"轻清"

与义诗》)①

诗贵轻清，恶重浊。王君诗如人炼形，跳出顶门，绝天下之轻，如人绝粒不食烟火，极天下之清，殆欲遗万事而求其内，离一世而立于独矣。(《王元度诗》)②

"轻清"早在刘勰《文心雕龙》中有论述，卷三说："祢衡之吊平子，缛丽而轻清；陆机之吊魏武，序巧而文繁。"刘勰的"轻清"与"缛丽"相对，与刘克庄的"轻清"有较大差距。比较接近的是《列子》，其曰："太易者，未见气也。太初者，气之始也。太始者，形之始也。太素者，质之始也。……易变而为一，一变而为七，七变而为九。九变者，究也。乃复变而为一。一者，形变之始也。清轻者上为天，重浊者下为地，冲和气者为人。"③《列子》的这段即将"轻清"与"重浊"相对，与刘克庄"必极天下之轻清""绝去尘秽""轻清而虚明""绝天下之轻，如人绝粒不食烟火，极天下之清"等说一致。由此可见，南宋中后期的"清"的诗歌审美趣味是借鉴了老庄的虚静无为、淡泊自守的高蹈绝尘的心理状态，以及增添了一些道家内丹养气之说的神秘色彩。

刘克庄说："前辈有'学诗如学仙'之论，窃意仙者，必极天下之轻清，而后易于解脱，未有重浊而能仙也。"④"学诗如学仙"的诗学观念出自陈师道，陈师道《后山集》中的《次韵答秦少章》说："学诗如学仙，时至骨自换。"⑤这是说学诗像学仙一样，经过长期修炼，就会从渐进(时至)到达质

---

① (宋)刘克庄著，辛更儒笺校：《刘克庄集笺校》，中华书局 2011 年版，第 4043 页。
② (宋)刘克庄著，辛更儒笺校：《刘克庄集笺校》，中华书局 2011 年版，第 4182 页。
③ (春秋战国)列御寇撰，张湛注：《列子》，中华书局 1985 年版，第 2、3 页。
④ (宋)刘克庄著，辛更儒笺校：《刘克庄集笺校》，中华书局 2011 年版，第 4043 页。
⑤ (宋)陈师道撰，(宋)任渊注，昌广生补笺：《后山诗注补笺》，中华书局 1995 年版，第 467 页。

变(换骨)。宋胡仔《苕溪渔隐丛话前后集》："苕溪渔隐曰：无己诗云'学诗如学仙，时至骨自换'。山谷亦有'学诗如学道'之句，若语意俱胜，当以无己为优。王直方议论不公，遂云陈三所得岂其苗裔邪，意谓其出于山谷，不足信也。"①陈师道的"学诗如学仙"、黄庭坚的"学诗如学道"在南宋中后期诗人那里继续得到发挥：(1)延续陈师道之意，学诗是一个循序渐进的过程，务在长期坚持。(2)南宋诗人在道家学说的基础上又对"学诗如学仙"的涵义有所发展：①静心凝气，来自道家的"虚静说"，即"涤除玄览""清净无为"；②是要摒除污秽，超凡脱俗；③炼句，即对诗歌技法的追求。如下列诗人的观点：

学诗如学道，先须养其气。植苗无它术，务在除荒秽。滔滔江汉流，源从滥觞至。要作千里行，无为半途滞。(赵蕃《论诗寄硕父五首》其三)②

神仙不可学，愿学长不死。学诗如学仙，吞霞洁尘滓。渚花流水香，烟霏暮山紫。凉飕入修竹，一笑鸣绿绮。(赵崇鐩《学诗》)③

学诗有似学仙难，炼句难于学炼丹。换骨脱胎君有诀，炷香特特扣诗坛。(白玉蟾《赠诗仙》)④

"要作千里行，无为半途滞"即陈师道的"时至骨自换"，强调坚持；"先须养其气"即道家的"养气说"；"植苗无它术，务在除荒秽""学诗如学仙，吞霞洁尘滓"即要摈除杂念，绝去尘世，虚静无为；"炼句难于学炼丹"即要提高诗歌技艺。以上诗论可看出道家对南宋中后期诗人诗歌审美趋向的影响。与陈师道"时至骨自换"的渐悟不同，还有主张顿悟的。如林

---

① （宋）胡仔：《苕溪渔隐丛话》，人民文学出版社1984年版，第346页。
② 傅璇琮主编：《全宋诗》四九册，北京大学出版社1998年版，第30474~30475页。
③ 傅璇琮主编：《全宋诗》六〇册，北京大学出版社1998年版，第38093页。
④ 傅璇琮主编：《全宋诗》六〇册，北京大学出版社1998年版，第37607页。

第五章　诗论家刘克庄：诗歌审美"轻清"

希逸《竹溪鬳斋十一稿续集》卷十三《黄绍谷集跋》："绍谷为翁直下孙，年十二即能文。弱冠前后诗集，有名者数种，上追陶、谢，下轧郊、岛，志趣之远，犹及于删前。一家人物，超诣如此，诚可爱而敬者。时之名胜，随集题品，其推许甚至，犹以老作期之，是固爱吾绍谷者也。然后山尝曰'学诗如学仙，时至骨自换'。余则曰'学诗如学禅，小悟必小得。仙要积功，禅有顿教'。"①不管是"学诗如学仙，时至骨自换"的渐悟，还是"学诗如学禅，小悟必小得"的顿悟，对诗歌的审美追求皆是以"清"为旨归的，如林希逸所说："上追陶、谢，下轧郊、岛，志趣之远，犹及于删前"，追求陶渊明、谢灵运、孟郊、贾岛的诗歌"志趣"之"远"。

蒋寅先生在《古典诗学中"清"的概念》一文中论说了诗学中的"清"与老庄、道家的关系："审美意义上的'清'，尤其是作为诗美概念的'清'，首先是与一种人生的终极理想和生活趣味相联系的，其源头可以追溯到道家的清静理想。老庄清静无为的人生态度、虚心应物（涤除玄览）的认知方式、超脱尘俗的生活情调，甚至道教神话中的天界模式（三清）。"②刘克庄的"轻清"不止于道家的清净理想，更在于丹家的"炼"。《题赵检察赟卷孟渚》中说："福唐少尹平生友，函送王孙一卷诗。始信人间有龙种，又疑天上下麟儿。月须玉斧修成后，仙待金丹炼熟时。不是樗翁心有窍，镜中添雪到须眉。"③所谓"月须玉斧修成后，仙待金丹炼熟时"即强调诗歌创作需要磨砺而成，要求锻炼有方。刘克庄在《七十四吟十首其九》自称："游戏人间又一年，非儒非佛复非仙"④，实际上反映了刘克庄的思想兼取儒释道，而不主一家之说。刘克庄的"轻清"之说主要来源于与曾极、黄天谷等

---

① 曾枣庄，刘琳主编：《全宋文》三三五册，上海辞书出版社2006年版，第355页。

② 蒋寅：《古典诗学中"清"的概念》，《中国社会科学》，2000年第1期，第148页。

③ （宋）刘克庄著，辛更儒笺校：《刘克庄集笺校》，中华书局2011年版，1999页。

④ （宋）刘克庄著，辛更儒笺校：《刘克庄集笺校》，中华书局2011年版，第1659页。

丹家的日常交游中,《得曾景建书一首》:"远使忽来知病起,近书全未说丹成。"①《黄天谷赠诗次韵二首其二》:"世无仙则已,有必属斯人。丹熟将分友,云游每念亲。小窗时读易,静室夜修真。符篆皆余事,题诗亦出尘。"②可见,曾极、黄天谷等丹家的思想对刘克庄造成了一定影响。所以刘克庄诗中常常也以丹家炼丹之说来论诗,也把诗人分等级为成内丹者或成大丹者,《用石塘二林韵同、合》:"少狂浪走无寻处,晚向深山得悟门。火候足时丹始熟,国工琢了玉尤温。低头欲下追随拜,摩顶无忘付授恩。大有名山要行脚,未甘瓶钵老荒村。"刘克庄借丹家之说论诗歌创作的熟稔和佳境,如炼丹一样功夫(火候)到家,诗歌(丹)自然圆熟。"轻清"则是更高的境界,要求诗歌的风格像飞仙一样去俗远而独立遗世。

二、轻清而虚明:透过王安石对晚唐诗歌的重新体认

刘克庄生活的时代诗歌主流以"四灵"和江湖诗人为主,他们的诗歌审美转向了晚唐以贾岛、姚合为代表的苦吟一派,宋严羽《沧浪诗话·诗辨》云:"近世赵紫芝、翁灵舒辈,独喜贾岛、姚合之诗,稍稍复就清苦之风,江湖诗人多效其体,一时自谓之唐宗。"③但是这种"清苦之风"给诗坛带来颓靡不振的不良影响,刘克庄对此提出了诗歌要有"轻清"之美,学习的对象就是北宋诗人王安石,他说真仁夫的诗歌:

繁浓不如简淡,直肆不如微婉,重而浊不如轻而清,实而晦不如

---

① (宋)刘克庄著,辛更儒笺校:《刘克庄集笺校》,中华书局2011年版,第191页。
② (宋)刘克庄著,辛更儒笺校:《刘克庄集笺校》,中华书局2011年版,第189页。
③ (宋)严羽撰,郭绍虞校释:《沧浪诗话校释》,人民文学出版社1961年版,第27页。

第五章 诗论家刘克庄：诗歌审美"轻清"

> 虚而明，不易之论也。予友真君仁夫之诗，绝去尘秽，刊落冗腐，简淡而微婉，轻清而虚明，有唐人、半山之思。(《真仁夫诗卷》)①

认为真仁夫诗歌简淡微婉、轻清虚明，这种风格有唐人、半山之思。诗归晚唐是宋代诗人学习唐诗的一个重要路径，从北宋初九僧、林逋、潘阆、寇准、魏野等，到北宋中期王安石，再到南宋"四灵"、江湖诗人等，对晚唐诗歌的学习一直贯穿在有宋一朝。目前已经有研究关注到王安石诗歌在南宋的影响，但主要集中在杨万里和陆游对王诗的接受，②刘克庄对王安石诗歌的推崇则少有论述。③刘克庄对王安石诗歌是非常喜欢的，他与友人相约"寻乌石路，诵半山、老子之诗"，又在《自昔》中说："自昔英豪忌苟同，此身易尽学难穷。习为联绝真唐体，讲到玄虚有晋风。蚁子尽云参妙喜，乞儿自许识荆公。安知斯世无颜闵，到死浮沉里巷中。"④将妙喜与荆公并列，并说王安石所学为"真唐体"，可见，刘克庄对王安石诗歌的接受，是建立在学习唐体的基础之上的。王安石曾选唐人诗歌为《唐百家诗选》，刘克庄对《唐百家诗选》的评价颇高，他常在诗歌中提及，如《曹路分赠诗次韵一首》"唐季三家松最胜，建安七子植尤高"句下自注："荆公选唐百家诗，曹邺一首，曹唐二首，曹松十三首。"⑤又在《题陈霆诗卷》中说：

---

① (宋)刘克庄著，辛更儒笺校：《刘克庄集笺校》，中华书局2011年版，第4154页。
② 邹珊珊：《王安石与"荆公体"》，南昌大学2013年硕士学位论文。杨国文：《宋代王安石诗歌接受研究》，郑州大学2017年硕士学位论文。
③ 叶国云《王安石诗歌接受史研究》，南昌大学2017年硕士学位论文。只论及刘克庄对王安石诗歌的接受，至于如何接受，接受什么还有待深入研究。
④ (宋)刘克庄著，辛更儒笺校：《刘克庄集笺校》，中华书局2011年版，第178页。
⑤ (宋)刘克庄著，辛更儒笺校：《刘克庄集笺校》，中华书局2011年版，第643页。

二、轻清而虚明：透过王安石对晚唐诗歌的重新体认

"今无摩诘携同宿，后有荆公选百家。不惜矮窗残烛下，与将朱笔撷菁华。"①认为陈霆足以和《唐百家诗选》中的诗人并列。又说友人方审权"警句可编半山集"，还以王安石选唐诗之事为典，述说自己与刘克的友谊"聊与荆公续诗选，不闻谯叟入经筵"（《挽南皋刘二先生》）。刘克，字子至，秘书郎坦之父，靖君之子。而王安石《唐百家诗选》共二十卷，选唐代诗人104人，选唐诗1262首。所录以中晚唐人居多，其选王建92首、皇甫冉85首、岑参81首、高适71首、韩偓59首，而李白、杜甫、王维、刘长卿、韦应物、刘禹锡、韩愈、柳宗元、白居易、元稹、杜牧、李商隐诸大家、名家皆不在录。刘克庄的诗歌中多处化用王安石的诗歌，仅以其自注为例，兹列如下：

诗名	刘克庄诗歌	王安石诗歌
卷二十七《奉酬吴洪二公三和之什》	千层坠为一毫差，（自注：柳诗：那知千仞坠，只为一豪差）还了鱼须脱革华。数尺了无怀内锦，三斤空有话头麻。早曾谒帝吟熏殿，晚欲逃儒入墨家。自笑老人心尚骏，故吾不换换新花。（自注：半山诗：新花与故吾，已矣两相忘。）	《新花》 新花与故吾，已矣两可忘。
卷三十七《和竹溪怀樗庵二首再和》	从来粪土轻胡赵，晚视渠依直唯阿。时与客联烘虱句（自注：半山有和烘虱诗）。断无人听饭牛歌。挂冠耄及收身晚，赐扇恩深取数多。周易鲁论俱束合，免教后世罪王何。	《和王乐道烘虱》
卷三十八《次韵庚使左史中书行部二首》其一	帝遣二星临七聚，不妨击壤和元丰。（自注：荆公有《元丰行》。）	《元丰行示德逢》

---

① （宋）刘克庄著，辛更儒笺校：《刘克庄集笺校》，中华书局2011年版，第790页。

续表

诗名	刘克庄诗歌	王安石诗歌
卷三十九《示同志》	旋入洛中新保社,稍增汾曲旧田庐。市朝幸免髡钳我,尸祝何烦俎豆予。静看芭蕉身不实(自注:半山云:且当观此身,不实如芭蕉),健忘椰子腹无书。故人远致邮筒饷,待约邻翁共破除。	《赠约之》 但当观此身,不实如芭蕉。
卷四十《用厚后弟强甫韵》	懒访半山云顶庵,(自注:荆公诗:庵云作顶峭无邻。)且撑一叶泛溪南。(自注:退之。)花间渐觉同游少(自注:今年看花伴,已少去年人),桑下何曾作宿三。古有刘伶呼不醒,今无卫玠共谁谈。五千言是家人语,长笑诸家误注聃。	《清凉寺白云庵》 庵云作顶峭无邻,衣月为衿静称身。
卷四十《再和张文学》	安知后来者,所作不如今。孰可执牛耳,君能贯虱心。孤根纔一寸(自注:半山诗:一寸庵前手自移),老干忽千寻。未必子期死,无人听古音。	《蒋山手种松》 青青石上岁寒枝,一寸岩前手自移。
卷四十五《竹溪生日二首》	试把过江人物数,溪翁之外更谁哉。不争百草群芳长,宁殿千花万卉开。(自注:半山《菊》诗:千花万卉凋零后,始见闲人把一枝。)周庙瑟曾三叹咏,舜廊琴亦载赓来。老人高唱儿童和,眼见蟠桃熟几回。	《和晚菊》 可怜蜂蝶飘(《冷斋夜话》卷一作"千花万卉雕零后"),始有闲人把一枝。
卷四十八《演雅二十韵》	蚋嗜醯杂袭,蚓饮泉亦清。(自注:半山诗云:槁壤太牢俱有味。)	《舒州被召试不赴偶书》 槁壤太牢俱有味,可能蚯蚓独清廉。

二、轻清而虚明：透过王安石对晚唐诗歌的重新体认

　　王安石于熙宁九年（1076）罢相，于城东和蒋山间筑"半山园"，"半山"是王安石晚年寓居江宁之地，李壁说："半山报宁禅寺，公故宅也。由东门至蒋山，此为半道，故以半山为名。"①此时王安石已经对政治不再留恋，他的日常生活以山水和参禅为乐，这使得他的诗歌无论在内容上还是情感上都趋于平淡和闲适，从以往的政治诗和咏史诗转而为写景诗和体悟禅理的诗歌。同时，诗歌艺术手法则更为精致，刘克庄说："半山挽裕陵云：'玉暗蛟龙蛰，金寒雁鹜飞。'挽吴春卿云：'曲突非无验，方穿有不行。'炼字斩对无遗巧。"②即说王安石诗歌善于锻炼而不留痕迹。王安石对晚唐诗歌的学习不在苦吟，而在精于锻炼，意与言会，而浑然天成，最后达到雅丽精绝的诗歌境界。惠洪《冷斋夜话》卷一《换骨夺胎法》说："郑谷《十月菊》曰：'自缘今日人心别，未必秋香一夜衰。'此意甚佳，而病在气不长。西汉文章雄深雅健者，其气长故也。曾子固曰：'诗当使人一览语尽而意有余，乃古人用心处。'所以荆公《菊》诗曰：'千花万卉雕零后，始见闲人把一枝。'东坡则曰：'万事到头终是梦，休休，明日黄花蝶也愁。'"③惠洪认为王安石的《和晚菊》诗就是对唐郑谷的诗歌加以锻炼而成。同时，以幽约的情韵出之而更得晚唐风韵。杨万里《答徐子材谈绝句》："受业初参且半山，终须投换晚唐间。国风此去无多子，阙掖挑来秖等闲。"④杨万里认为通过学半山王安石，而入晚唐诗。王安石《半山春晚即事》诗云："春风取花去，酬我以清阴。翳翳陂路静，交交园屋深。床敷每小息，杖履或幽寻。惟有北山鸟，经过遗好音。"⑤全诗意境清隽秀美，闲

---

　　①（宋）王安石撰，（宋）李壁笺注：《王荆文公诗笺注》，中华书局1958年版，第595页。
　　②（宋）刘克庄著，辛更儒笺校：《刘克庄集笺校》，中华书局2011年版，第6717页。
　　③（宋）释惠洪撰，陈新点校：《冷斋夜话》，中华书局1988年版，第15页。
　　④（宋）杨万里集撰，辛更儒笺校：《杨万里集笺校》，中华书局2007年版，第1785页。
　　⑤（宋）王安石撰，（宋）李壁笺注：《王荆文公诗笺注》，中华书局1958年版，第241页。

淡中又含蓄深沉，韵味悠远，带有晚唐诗歌婉丽丰赡之美。既有锤炼之功，又附之以隽永，而以清丽之语出之，可见半山体深得晚唐诗歌婉丽精深精髓。所以刘克庄又说王安石所拟寒山诗"逼真可喜"，而寒山诗的特点是"粗言细语，皆精诣透彻"，"亦有绝工致者"而"不减齐梁人语"，正与王安石诗歌雅丽精绝的特点有相符合处。刘克庄透过对王安石诗歌的自觉学习，实际上是对南宋后期江湖诗人诗歌创作复归苦吟而走上一条狭窄之路，最后落于俗套的不满，他意识到晚唐诗歌不是只有贾岛、姚合的苦吟和字字推敲可以学习，对晚唐诗人杜牧、温庭筠等多有赞美之词，如他说："温庭筠与李商隐同时齐名，时号温李。二人诗记览精博，才思流丽。其流艳者类徐庾；其切近者类姚贾。义山诗尤锻炼精粹，探索幽微，不可草草看过。世传飞卿傲妇翁，亦可见其不羁。"①注意到温李的"流艳""锻炼精粹""不羁"等特质。总之，刘克庄对王安石诗歌的推崇，因其看到了被江湖诗人忽略的晚唐诗歌的流丽的一面，王安石的诗歌就是对流丽风格与锤炼技巧的整合，最后达到"轻清而虚明"的审美境界。

三、对江湖诗人的评价

黄庭坚云："荆公暮年作小诗，雅丽精绝，脱去流俗。"②刘克庄又说："盖清者可以范俗，华者可以饰治矣。"③江湖诗人对于诗歌"清"的追求是非常明显的，如薛师石《酬刘子至》："寄来书一纸，别后喜安和。想见清高极，吟成秋思多。山头灵运立，月下谪仙歌。共是江湖客，斜阳各晒

---

① （宋）刘克庄著，辛更儒笺校：《刘克庄集笺校》，中华书局2011年版，第7031页。
② （宋）胡仔撰，廖德明点校：《苕溪渔隐丛话前后集》，人民文学出版社1993年版，第234页。
③ （宋）刘克庄著，辛更儒笺校：《刘克庄集笺校》，中华书局2011年版，第3987页。

蓑。"①《至日游湖》:"此心全剥落,今日一阳生。自分安身计,难逃素隐名。贫中闻道彻,闲里作诗清。别有求鱼者,笑余忧思盈。"②《湖上》:"势利绝交初,瞿然卧隐庐。无营心淡泊,见客礼生疏。游有渔樵伴,看多佛老书。春深草易长,忘却倩人锄。"③胡仲参《送梅膦还三山》:"新编聊画卷,清话入诗评。"④但是他们的"清"主要来源于晚唐贾岛、姚合的清苦,而缺少高逸的体格。王绰《薛瓜庐墓志铭》说:"永嘉之作唐诗者首四灵,继灵之后则有刘脉道、戴文子、张直翁、播幼明、赵几道、刘成道、卢次夔、赵叔鲁、赵端行、陈叔方者作,继诸家之后,又有徐太古、陈居端、胡象德、高竹友之徒,风流相沿,用意益笃,永嘉视昔之江西,几似矣,岂不盛哉?"⑤其他如宁海薛泳"从赵天乐游,得姚、贾法";岩葛绍体,"其诗颇近四灵";河阳张弋"专意于诗,贾岛、姚合为法"。张弋,据《宋百家诗存》卷二七所载:"世居孟之河阳,宁宗时人,生平好游历,交遍海内,不事举子业,专意于诗,以贾岛姚合为法。……清深闲雅,宛有唐人风度。未尝苟下一字,每有所作,必熔炼数日乃定。……江湖诸子中卓卓者也。"⑥就风格来说,点出"清"字,就诗法而言深于熔炼,不轻下语,足见其用力。长乐林尚仁"为诗专以姚合、贾岛为法",闽人陈必复更自称:"予爱晚唐诸子,其诗清深闲雅,如幽人野士,冲淡自赏。"江湖诗人作诗常以贾岛、姚合为模仿对象。周文璞《感兴七言三首》其三:"夜夜推敲学苦吟,一如锻炼假黄金。石间真隐何时出,地下狂魂无处寻。"⑦胡仲弓《汤惠院以五言定交用韵以谢》:"学遵东鲁训,句逼晚唐人。"⑧《枯崖

---

① 傅璇琮主编:《全宋诗》五六册,北京大学出版社1998年版,第34817页。
② 傅璇琮主编:《全宋诗》五六册,北京大学出版社1998年版,第34822页。
③ 傅璇琮主编:《全宋诗》五六册,北京大学出版社1998年版,第34823页。
④ 傅璇琮主编:《全宋诗》六三册,北京大学出版社1998年版,第39847页。
⑤ 陈伯海:《唐诗学文献集粹》,上海古籍出版社2016年版,第430页。
⑥ (清)曹庭栋:《宋百家诗存》,上海古籍出版社1993年版,第680页。
⑦ 傅璇琮主编:《全宋诗》五四册,北京大学出版社1998年版,第33746页。
⑧ 傅璇琮主编:《全宋诗》六三册,北京大学出版社1998年版,第39752页。

第五章　诗论家刘克庄：诗歌审美"轻清"

韵速藏叟和篇》："莫是推敲了，禅余自赏音。"①《和溪翁二首其一》："诗债喜穷工。"《寄西涧叶侍郎》："肠枯废苦吟。"胡仲参《题雪舟云心二友吟卷》："君诗何所似，绝似晚唐诗。写出春云状，融成白雪词。百篇多态度，二妙一襟期。与我为三友，他年题日谁时。"《夜坐偶成》："一字吟难稳，沉沉夜向阑。"《薄暮》："只因吟太苦。"《用伯氏韵柬梅臞》："冥搜天地无穷趣，写尽江湖一片心。""访君欲问推敲诀，拟把清樽共细斟。"②《夜来闻曾性之丘君就二友隔楼吟声不绝以诗柬之》："隔楼忽听吟声苦，引得清愁入梦魂。"③《偶得》："赤脚知吟苦，时将山茗煎。"④可见，江湖诗人所模仿的唐音是晚唐以贾岛、姚合为主的，重于字句推敲的"苦吟"诗歌，这与王安石所学晚唐诗歌的取向是不一样的。胡仲弓、胡仲参昆仲，清源人，仲参，字希道，负才游京师，所与交俱一时知名士。嘉定间赴试，不售，浪迹江湖数年，终蹇遇合，乃寄情山水以自放。(《两宋名贤小集》卷二九八)其书怀有云："湖海气何馁，山林分未甘。"可见锐于进取，然终不得其志，《宋百家诗存》卷三一评其诗"古冥不足，清俊有余。"仲弓，字希圣，其生平不传，《四库全书总目》卷一六五据其诗推知尝登第，食微禄，旋即见黜，有诗"千里迎阿嬖，相见翻不乐。微禄期奉亲，亲至禄已夺"，又有"不被功名缚，江湖得散行"。可见其生活清苦，如此背景之下，无怪乎出语辄成"苦"调。清人钱谦益在《王德操诗集序》中曾说："诗道之衰靡，莫甚于宋南渡之后，而其所谓江湖诗者，尤为尘俗可厌……彼其尘容俗状，填塞于肠胃，而发作于语言之间，欲其为清新高雅之诗，如鹤鸣而莺啸也，其可几乎？"⑤钱谦益不满江湖诗人尘俗之气充于胸中，却欲为清雅之诗，反而更令人生厌。刘克庄多与江湖诗人相交，他在《哭周晋仙》中

---

① 傅璇琮主编：《全宋诗》六三册，北京大学出版社1998年版，第39753页。
② 傅璇琮主编：《全宋诗》六三册，北京大学出版社1998年版，第39846页。
③ 傅璇琮主编：《全宋诗》六三册，北京大学出版社1998年版，第39850页。
④ 傅璇琮主编：《全宋诗》六三册，北京大学出版社1998年版，第39851页。
⑤ (清)钱谦益撰，(清)钱曾笺注，钱仲联校：《牧斋初学集》，上海古籍出版社1985年版，第946页。

三、对江湖诗人的评价

说:"君在诗人里,功夫用最深。古如神禹铸,清似鬼仙吟。死定无高冢,生惟有破衾。长安酒楼上,犹记昔相寻。"①以"清似鬼仙吟"形容周文璞的诗歌,可谓抓住了江湖诗人诗歌的本质特点,他在《题永福黄生行卷》中说:"废诗二十余年矣,忽读来诗眼暂明。处士梅曾如许瘦,化人酒莫过于清。蛩鸣竞起为唐体,牛耳谁堪主夏盟。事阔语长殊未竟,跨驴怎么问归程。"②对黄生诗歌的形容是如处士梅,如化人酒,都是清新高雅之物,而正是诗歌的这种"清"能让刘克庄眼前一亮,并认为其能够为学唐诗之众人的楷模,成为执牛耳者。刘克庄对"清"的赞赏,是对其他"俗"的不满,是希望通过学"半山体"诗歌将晚唐诗歌的内涵扩大,不至于局限在贾岛、姚合一派。从刘克庄早期学"四灵"到后来取众家之所长的学诗历程来看,他是反对只取一家之说的,所以在他提出"轻清"的诗歌审美内涵的时候,实际上是他对当时诗坛复归晚唐苦吟之风的矫正,认为应该从更广阔的视角来学习晚唐诗歌。

刘克庄"轻清"的诗歌审美主要来源于与曾极、黄天谷等丹家的日常交游,其《王隐君六学九书》中说:"近世丹家如邹子益、曾景建、黄天谷,皆余所善。惟白玉蟾不及识,然知其为闽清葛氏子。邹不曾七十,黄、曾仅六十,蟾尤夭死。时皆无它异,反不及常人,余益不信世之有仙,而丹之果可以不死也。"③刘克庄是不信丹家的,但这并不妨碍他将丹家之说运用到诗歌理论中,甚至于他的自我情感表达中,如《田舍一首》:"贫汉殉财夸死权,世间廉退者差贤。高门炙手今罗雀,废冢枯髅昔珥蝉。薄糁藜羹诳雷腹,旋蒙絮帽暖霜颠。时人莫笑侬寒俭,自古臞儒近列仙。"《八十吟十绝其五》:"逃秦博士浮丘伯,传说今犹在海中。自古仙多儒者做,安

---

① (宋)刘克庄著,辛更儒笺校:《刘克庄集笺校》,中华书局2011年版,第196页。

② (宋)刘克庄著,辛更儒笺校:《刘克庄集笺校》,中华书局2011年版,第651页。

③ (宋)刘克庄著,辛更儒笺校:《刘克庄集笺校》,中华书局2011年版,第4009页。

第五章 诗论家刘克庄：诗歌审美"轻清"

知吾不蹑高风。"总之，刘克庄的"轻清"之说，是针对南宋后期诗坛以苦吟为主的弊病、借助丹家之说而提出来比喻诗歌创作和诗歌审美的。

以"清""苦"来评点江湖诗人的艺术特色和诗歌格调是切中肯綮的，这些特征从他们的作品中可以获得直观的体验，而由他们的生活背景和时人与后世的评价也能窥得端倪。《宋诗纪事·薛师石》卷六九记载东阁赵汝回为师石诗集作序云："瓜庐翁每与四灵聚吟，独主古淡，融狭为广，夷镂为素，神悟意到，自然清空。"陈起《江湖小集》卷七三："景石脱颖而出，自成一家，真知几之士哉。景石，名家子，多读书，通八阵八门之变，乃心物外，至忘形骸。筑庐会昌湖西灌瓜贴树，篘醇击鲜，日为文会，论切闾析，情真气和，庶几乎有道者。"《四库全书总目》卷一六二比参古人，对薛氏的风格有较客观的评价："其诗语多本色，不似四灵以尖新字句为工，所谓夷镂为素者，殆于近之。至于边幅太窄，兴象太近，则与四灵同一门径，所谓融狭为广者，殊未见其然。盖才地视四人稍弱而耕钓优游以诗自适，意思萧散，不似四灵一字一句刻意苦吟。"综合数种评价，我们可以发现，有着江湖诗人身份的薛师石风格杂出"四灵"，虽清新语工，然境界偏狭难破"四灵"藩篱，所胜者在优游自适，萧散恬淡，较少酸楚凄苦之风。

结　语

　　通过上文对刘克庄的诗歌分析，可以对宋诗日常化概念进行一些补充。谈到宋诗的日常化，第一印象是宋代诗歌题材开始向日常生活倾斜、诗歌语言开始走向通俗化以及开启了以平淡为美的美学追求。在学界对宋诗日常化概念的不断阐释和丰富的研究中，以"日记体"形式来写作诗歌，是将诗歌进一步日常化的重要表现，即宋诗不但以日常生活中的事物为诗，而且是一种连续不断的带有"史"性质的事无巨细的记录模式，这在北宋苏辙和南宋陆游的诗歌中体现得最为明显。从目前的研究来看，对宋诗日常化的理解集中在两点：一是以生活琐事入诗，展现了日常生活中的多个方面，呈现出一幅幅关于宋代文人生活、趣味、文化、风俗的画卷；二是带有"日记体"性质的诗歌写作模式，集中反映了宋代文人在某个具体时间段的生活、情感和思想，带有将平常生活细致记录的写作特点。从这两点出发可以发现一些问题，一是所谓宋代文人的日常生活是什么呢？目前学者对宋诗"日常化"的相关论述中，基本都是以北宋文人为研究对象，比如欧阳修、梅尧臣、王安石、苏轼、苏辙、黄庭坚、秦观等人，他们的日常生活内容是家庭妻儿，是饮食品茶，是笔墨纸砚，从苏轼等文人"以俗为雅"的审美趣味中可以看出他们对日常生活的描写，绝不是简单地停留在日常生活的琐碎性上面，而是通过语言修辞、内在涵养等发现生活中的趣味，从而表现出对日常题材的超越。这是北宋城市经济得到发展、文化高度繁荣的社会因素在诗歌领域中的一个反映，北宋文人对吃穿住行、人

结　语

物交往等世俗生活都抱有极大的热情，他们喜欢在诗歌中表现对饮食、器物、亭台楼阁、笔迹字画的喜爱，尤其是带有人文特色的物象更是常常出现在北宋诗歌中，这反映出北宋文人重人文旨趣的特点，诗歌也带有文人化的风格。由此，应该注意到南宋文人的日常化生活与北宋是有区别的。

以刘克庄为中心来讨论南宋中后期诗歌的日常化特点，应该首先注意到刘克庄身份的多元化。此前的研究主要从词人和诗论家的角度来解读刘克庄的词和《后村诗话》，近年来刘克庄的诗人身份得到足够重视，并与之影响的佛禅思想、国家学术等都有相关论述。本书在目前学界研究的基础之上，从乡绅、儒者、诗论家三个身份围绕刘克庄的诗歌展开，试图找到其诗歌与身份之间的关系，从而表现出诗歌日常化的特征。从乡绅身份出发，刘克庄重视宗族之间的维系，家谱成为勾连一个家族的重要存在，刘克庄在诗歌中用家族谱系来定位人物身份，借家谱之间的相近相通拉近人物之间的距离，又在家谱背后隐含了家族重视科举名誉和品德修养等文化内涵，同时刘克庄还借用家谱同姓相通的特征借历史人物来抒发个人性情。在这个层面上，家谱的作用完成了人物之间的交际，也使得诗人自己的情感得以表达。家谱本是用于记录和传承，带有慕祖的性质，但在刘克庄诗歌中，家谱可以作为人物日常交际的载体，甚至可以用来抬高对方身份、地位，从而达到吹捧对方的目的。从这个层面上看，诗歌中家谱的使用范围体现了诗歌日常化的特点。从儒者身份出发，刘克庄诗歌中常常有对下层理学士人的形象刻画，他们是进士出身，然而官职低微受职于地方书院的山长、教授、主课、助教等，刘克庄诗歌充分展现了这群底层理学士人的日常生活和心理特征，如此大量对理学士人的书写与以往诗歌的题材内容不同，这是南宋中后期理学世俗化的一个重要特征，理学向下层的蔓延使得诗歌广泛接触到理学因素，从而反映在诗歌中，成为底层理学士人日常生活的一个写照。理学因素对诗歌的渗透不仅体现在诗歌题材上，还在于对诗人心理变化的影响，刘克庄自称"小儒""老儒"，又不满"拘儒""腐儒"，一方面劝导儒生入仕，另一面又在自我解脱中寻求颜子之乐。看似矛盾的态度实际上是刘克庄在不同人生阶段对理学思想不同方面的利用。可以看出,理学对南宋中后期诗歌题材的日常化有着推动作用,诗人个人也自觉将理学思想运用于日常生活当中。从诗论家的身份出发,刘克庄对于诗歌"轻清"的审美内涵的理解来自丹家之说,通过对王安石诗歌的学习来达到对晚唐诗歌的重新体认。而刘克庄能够以丹家之说来论诗,主要是源自日常生活中与邹子益、曾极、黄天谷等丹家的交往,把生活中现存的概念应用于诗论当中,同时也在日常生活中借丹家之说获得情感满足。总之,从不同身份角度对刘克庄诗歌的检视,可以看出其与北宋诗歌的不同之处,以及诗歌中日常化的表现。

事实上,南宋中后期诗人身份多元化不是刘克庄特有的,与刘克庄类似的集诗人、儒者、官僚、乡绅、家庭等身份为一体的还有林希逸(1193—?)。检索《全宋诗》,林希逸今存诗813首,其诗歌创作也可看出其不同身份指向。

首先,与刘克庄稍有区别的是,林希逸是艾轩学派三传门人,非刘克庄自称的"野儒",而是"真儒"。林希逸说自己是"风流不羡三学士,衰退甘为一腐儒"(《遣兴》),即以衰老迂腐的儒者定位自己的身份;又"一樽长幼团圞笑,虽愧儒酸礼略存"(《象祖戊辰元日初冠仍拜敕命》)说自己是"酸儒"。一方面,林希逸对自己的儒者身份有清晰的认识,他会用诗歌来说理,反映出儒者格物致知的一面,如其《和吴检详飞跃亭韵》其三:"六爻万象理俱陈,物物皆诚在反身。飞鸟音遗鱼信及,中庸尽性易穷神。"诗中传递了诗人对儒家经典《周易》《礼记·大学》《礼记·中庸》的服膺,对理学思想如正心诚意、修身养性之说也极为重视。又如其《退老吟》:"圣绝微言大义乖,六经犹幸出残灰。知行大学工夫密,理欲先贤体贴来。岁晚筑场多识赐,早年陋巷屡空回。同门人尽师资远,退老西河只自哀。"林希逸在此诗中盛赞了包含儒家圣贤微言大义的六经,以及说明了注重对道学功夫的修养,从而去体认儒家圣贤所言的道理。如此看重儒家的经典和道德的涵养,源自林希逸的师承,刘克庄《竹溪诗》中说:"艾轩先生始好深湛之思,加煅炼之功,有经岁累月缮一章未就者,尽平生之作不数卷,然以约敌繇,密胜疏,精搲粗……一传为网山林氏,名亦之,字学可;再传为乐轩陈氏,名藻,字符洁;三传为竹溪。"林希逸所属的艾轩学派,其创始人为林光朝,一传为林亦之,再传为陈藻,三传为林希逸,所以林希逸属理学正宗传人,其思想当然靠近正统理学。但是林希逸自身又不仅仅局限于传统儒门,他的诗歌中常常驳杂有老庄、佛禅思想,清人王士禛《居易录》就说林希逸"诗多宗门语",的确,如"禅""佛""僧""缘""贝叶"等字眼就在其诗中经常出现。① 同时,林希逸对自己参禅学佛的喜好也直接披露、毫不掩饰,他说"贫甚可无餐玉法,闲多好和玩珠吟"(《身外》),"痴因好佛蒙嗤诮,更敢夸张灵运前"(《再和前韵谢后村惠生日词其一》),"多生已被禅勾引,万事只凭酒破除"(《四和除字韵寄元思别驾》),"宫衣我已换禅衣,读得狐书颇造微"(《和元思朋微韵二首其二》)。此外,林希逸还著有《庄子口义》《列子口义》《老子口义》《考工记口义》等,其诗歌也多杂含老庄逍遥自由的思想,如《寄题春谷工部自心田一首》:"笔耕虽苦未逢年,解印归来且醉眠。谁毁谁誉平眼界,我疆我理自心田。庵无宝贝主长在,家有诗书种已传。遥想个中梨枣熟,饱餐且作地行仙。"以庄子思想毁誉不惊、逍遥任随的自由自在,以及做个人间的仙人而自享其乐的状态,来描述自己的退居生活。可见其思想不主理学一家。这表明,林希逸对自己的儒者身份也是持不绝对态度的,若说刘克庄非理学正派出身,其对理学持有矛盾的态度尚可理解,但是林希逸作为艾轩学派正宗传人,其思想杂糅老庄、佛禅,事实上对老庄、佛禅思想的倾向较理学更为明显,这更能说明在南宋中后期理学世俗化以后,理学士人的身份特征与北宋和南宋前中期明确而清晰的理学家有了明显区别,呈现出相互糅合、不主纯正的特征。

林希逸也是一位官僚,他说"少日因贫强觅官"(《有感》),林希逸为理宗朝端平二年(1235)进士,初为平海军节度推官,后历官国子监学录、秘书省正字、校书郎。后迁枢密院编修官,因不满史宅之括田,出知兴化

---

① 据王晚霞统计,林希逸《鬳斋十一稿续集》中"禅"出现82次,"佛"出现85次,"僧"出现89次,"缘"出现68次,"贝叶"出现4次,《林希逸的佛教观》,《南昌大学学报(人文社会科学版)》2015年第3期,第43~49页。

军。景定（1260—1264）间，累迁司农少卿，直舍人院兼礼部郎官。度宗咸淳四年（1268），擢秘书少监。明年，除翰林权直，迁太常少卿，中书舍人，官终秘书监。①林希逸也有反映时事的诗歌，如《龙湾秋夜》："时闻边耗近，忧愤气填胸。"听闻边界的战耗，心中充满悲愤之情。《前出塞信阳作》："淮面如江春涨早，猎骑夜归城未锁。边头戍将惜官卑，举鞭怒指平安火。"也表达了因在信阳时所见的边关场景而愤怒的心情。《后出塞安丰作》又说："紫金山前数尺雪，三十六洲明似月。夜来冲突人不知，但见官军刀带血。"不过与刘克庄相比，林希逸作品的政治色彩稍弱一些，他晚年醉心于佛禅之学，虽也有与刘克庄关于政论的唱和之作，但他本人对于时事的关心还是集中在其前期创作，不像刘克庄那样将心系国事之心贯穿始终。

同时，林希逸也是一位乡绅。他在莆田奉祠时，与刘克庄相交甚深，"刘克庄暮年最亲密、最知心的诗文酬唱对象还数林希逸和刘希仁。这两位也有着长期而多次的奉祠经历，一直里居家乡，特别是在淳祐七年（1247）后以刘克庄为核心的莆田文人群体成员渐趋稳定，林希逸和刘希仁更是频繁与刘克庄相互唱和，感情也愈为醇厚，其中对共同的祠官状态的书写显得更具情感交流与群体维系的意义。"②林希逸在《适轩黄革叟挽诗》其二："闽谱虽华远，君于派得黄。铭宜买石待，诗岂入瓢藏。忆昔题吟稿，伤今赋一章。香峦序葬处，遥想暮筊长。"林希逸也从家谱的角度来定位人物身份。作为乡绅的林希逸，也常常参与鹿鸣宴，其《和福清鹿鸣宴诗》中说："雪花飞舞上貂裘，此去朱衣定点头。字奏三千高射策，璪垂十二拜凝旒。乡邦正说龙年好，吾辈相期鹏路修。日下五云知有兆，瑞光先向玉融浮。"诗中表达了自己的殷切希望和对乡里举子高中及第的祝愿，这是地方乡绅具有的誉乡情结的体现。

林希逸也是一位父亲、祖父。其诗歌喜欢表现家庭温情，如其《送子

---

① 其生平事迹见《宋元学案》《宋诗纪事》《南宋馆阁续录》《福建通志》等。
② 侯体健：《南宋祠禄官制与地域诗人群体：以福建为中心的考察》，《复旦学报》2015年第3期，第46页。

晦宰南安三首》其一："送子南征爱子深，殷勤听取拙翁吟。为儒但有书堪信，试邑元无谱可寻。民病盍知渠即我，郡贫应念昔非今。圣门絜矩真良法，彼此秤停要尽心。"在诗歌中直接流露"爱子深"的父爱，谆谆嘱咐赴南安为官的儿子要治理好县邑，展现了一位关心孩子事业的父亲形象。同样还有写给儿子林泳的《送泳宰安溪三首》，也是劝勉其知安溪县时要专注吏事，"扫除诗癖只勤政，最急无如赋役均"，要求林泳在任时要去除诗癖，以百姓之事（赋役、收成）为重，"但令禾麦年年好，肯羡河阳一县花"。当然，林希逸的家庭生活不是只关于孩子的仕宦，他也在诗中常常表现与儿孙团圆的天伦之乐，《寄安溪》中说"新来一事翁尤喜，看小孙吟寿阿爷"，其诗中善于表现家庭中的平常之事，如《第三孙弥月小饮》写小孙满月："茅檐喜得第三孙，草草团栾笑语温。晚菊客贻黄似盖，新篘儿喜绿盈樽。"合家其乐融融的状态在诗中呈现。或写第二孙加冠之礼《象祖戊辰元日初冠仍拜敕命》："老得渠为第二孙，加冠还已向春元。蓝袍试拜痴翁喜，初敕题名圣主恩。好续世科如汝父，勉求师学大吾门。一樽长幼团圞笑，虽愧儒酸礼略存。"描绘了孙儿象祖成年之日加冠礼的热闹场景，同时表示了自己对孙儿的殷殷希望和教诲。又如《长孙遣聘五更戏作》写长孙娶妇方氏，诗中则带有幽默的口吻说"谁家不欠儿孙债"。在林希逸诗中，也常常展现其生活中的日常状态，如《耳鸣戏作》："底事虚聪里，长闻风雨声。史尝云蚁斗，医却比蝉鸣。老纵聋何惜，愁因聩易生。道书疑太诞，如磬是丹成（自注：《丹书》云：第三转，则耳中常有笙磬凤凰之声）。"写自己年老耳鸣的身体状态，诗中形象地比之为风雨之声、蚁斗、蝉鸣等声响。《己巳元日二首》其一："饭蔬老幼呼同席，记礼儿孙讲半篇。"写元旦合家团聚吃饭的生活场景。在诗歌中多方面展现其家庭身份、家庭成员和家庭情感，无疑是将诗歌更加向日常化的一面推进了。

林希逸还是一位诗论家，他的诗歌中常常有讨论关于诗歌的创作方法和诗学旨向等，如其《题宋德清诗稿》中说："诗法如书法，临摹恐未真。宁为禅散圣，莫作婢夫人。士诧门中集，君留席上珍。苦吟应不厌，会见轧黄陈。"他认为，创作诗歌不是靠模仿得来的，而应该自成一格，联想南宋后期江湖诗人以模拟"四灵"、晚唐为宗，林希逸此论似是针对时弊而发。林希逸的诗论渗透着理学因素，其《题新稿》中说："少日无端苦学诗，倚楼面壁总成痴。断无子美惊人语，差似尧夫遣兴时。最上宗风埋没久，新来家数见闻知。吾生恐被师传误，自比灵云更不疑。"对于北宋理学家邵雍的诗歌，林希逸是持赞赏态度的，尤其是林希逸晚年居乡，更加体味到邵雍诗歌以吟咏性情为乐的兴趣，但不同于理学家随手而成、不拘格律的创作态度，林希逸是讲究诗法的，他在《题建安曹兄深居小稿》诗中说"要令吟律细"，同时还认为诗歌应该锻炼字句，对杜甫"语不惊人死不休"的诗歌字句注重锤炼表示赞赏。林希逸的诗歌主张也是不主一家，兼取众长，如其《读黄诗》："我生所敬涪江翁，知翁不独哦诗工。逍遥颇学漆园吏，下笔纵横法略同。自言锦机织锦手，兴寄每有离骚风。内篇外篇手分别，冥搜所到真奇绝。颉颃韩柳追庄骚，笔意尤工是晚节。两苏而下秦晁张，闭门觅句陈履常。当时姓名比明月，文莫如苏诗则黄。黔南日月老宾送，白头去作宜州梦。官楼家乘谁得之，那知珠玉无散遗。生前忍苦琢诗句，飘泊不忧无死处。今人更病语太奇，哀公不遇今犹故。"在南宋后期，江西诗派以文字为诗、以议论为诗、以才学为诗的诗歌创作方法遭到冷落，但是林希逸不同于时人见解，对黄庭坚的诗歌表示服膺，他把黄诗和庄子笔法相比，认为其诗法纵横，又认为黄诗具有《离骚》一样的寄托比兴，以先秦经典来说明黄诗之特点。林希逸也不反对黄诗注重用典等以才学为诗的创作方法，虽是"冥搜"，但却"奇绝"。在苏门文人如秦观、晁补之、张耒、陈师道之中，林希逸认为黄庭坚才是诗歌当行，所谓"文莫如苏诗则黄"，突出了黄庭坚的诗歌地位，最后对黄庭坚诗歌在当时和现在都受到冷落表示哀叹。与刘克庄一样，林希逸在为他人诗集的题诗中也多发表其诗论见解，如《题范月溪欸乃集》《题林桂芳洲集》《罗云谷诗集跋》等皆有论及关于诗歌创作、诗歌风格以及对前人评价的问题。林希逸更在与友人论诗中强调诗歌的重要性，他在《用韵答友人论诗》中说："艺业难精最是诗，千差万别信难知。还须倒岳倾湫手，却有惊天动地时。鸟迹论书方古雅，龙媒入画始权奇。夷然便欲趣平淡，此法谁传我亦疑。"将诗歌

结　语

创作当作一项重要的事业或者学问，可见其对于诗歌的重视。

总而言之，从诗人的不同身份入手，探讨其诗歌中不同语境下的创作心理和影响因素，可以作为发现其诗歌特点的一条途径。本书只截取了几个小点来论述，在现有关于宋诗日常化研究基础上作一点补充之说。浅陋之作，还当请教方家。

参考文献

一、古代文献

[1](元)脱脱等编:《宋史》,中华书局 1977 年版。

[2](清)永瑢等撰:《四库全书总目》,中华书局 1965 年版。

[3](清)黄宗羲撰,(清)全祖望补:《宋元学案》,中华书局 1986 年版。

[4](宋)刘克庄撰,辛更儒笺校:《刘克庄集笺校》,中华书局 2011 年版。

[5](宋)刘克庄撰,王蓉贵等点校:《后村先生大全集》,四川大学出版社 2008 年版。

[6](宋)刘克庄撰,王秀梅点校:《后村诗话》,中华书局 1983 年版。

[7](宋)刘克庄撰:《后村题跋》,中华书局 1985 年版。

[8](宋)刘克庄编,孙玉华注:《千家诗》,华夏出版社 2005 年版。

[9](宋)刘克庄编集,胡问侬、王皓叟校注:《后村千家诗校注》,贵州人民出版社 1986 年版。

[10](宋)刘克庄著,钱仲联笺注:《后村词笺注》,上海古籍出版社 2012 年版。

[11](宋)刘克庄撰,章谷校点:《后村长短句》,上海古籍出版社 1989 年版。

[12]（宋）郑樵著，吴怀祺校补：《郑樵文集》，书目文献出版社1992年版。

[13]（宋）林希逸撰：《竹溪鬳斋十一稿续集》，影印文渊阁《四库全书》本1986年版。

[14]（宋）魏了翁撰：《鹤山集》，影印文渊阁《四库全书》本1986年版。

[15]（宋）陈起编：《江湖小集》《江湖后集》，上海古籍出版社1987年版。

[16]（宋）陈起编：《江湖后集》，影印文渊阁《四库全书》本1986年版。

[17]（宋）周密辑：《武林旧事》，中华书局1991年版。

[18]（宋）陈思编，（元）陈世隆补：《两宋名贤小集》，影印文渊阁《四库全书》本1986年版。

[19]傅璇琮等编：《全宋诗》，北京大学出版社1998年版。

[20]曾枣庄等编：《全宋文》，上海辞书出版社2006年版。

二、近人、今人著作（按作者姓名排序）

[1]程章灿著：《刘克庄年谱》，贵州人民出版社1993年版。

[2]丁楹著：《文化视野下的南宋干谒风气与文学创作研究》，暨南大学出版社2016年版。

[3]何俊、范立舟著：《南宋思想史》，上海古籍出版社2008年版。

[4]侯体健著：《刘克庄的文学世界：晚宋文学生态的一种考察》，复旦大学出版社2013年版。

[5]何忠盛著：《刘克庄诗学思想研究》，四川大学出版社2015年版。

[6]何俊著：《南宋儒学建构》，上海人民出版社2013年版。

[7][日]吉川幸次郎著，郑清茂译：《宋诗概说》，联经出版事业公司2012年版。

[8][日]吉川幸次郎著，李庆等译：《宋元明诗概说》，中州古籍出版社1987年版。

[9]景红录著：《刘克庄诗歌研究》，上海古籍出版社2007年版。

[10]柯昌颐编：《王安石评传》，商务出版社1948年版。

[11]钱钟书选注：《宋诗选注》，北京人民出版社1958年版。

[12]王宇著：《刘克庄与南宋学术》，中华书局2007年版。

[13]王锡九著：《刘克庄诗学研究》，黄山书社2007年版。

[14]王述尧著：《刘克庄与南宋后期文学研究》，东方出版中心2008年版。

[15]王明见著：《刘克庄与中国诗学》，巴蜀书社2004年版。

[16][法]谢和耐(G. Jacques)撰，马德程译：《南宋社会生活史》，中国文化大学出版社1982年版。

[17]徐吉军著：《南宋临安社会生活》，杭州出版社2011年版。

[18]叶文举著：《南宋理学与文学以理学派别为考察中心》，齐鲁书社2015年版。

[19]周裕锴著：《中国禅宗与诗歌》，复旦大学出版社2017年版。

[20]张宏生著：《江湖诗派研究》，中华书局1995年版。

[21]赵敏著：《宋代晚唐体诗歌研究》，巴蜀书社2008年版。

[22]曾维刚著：《南宋中兴诗坛研究》，人民出版社2018年版。

[23]周膺、吴晶著：《南宋美学思想研究》，上海古籍出版社2012年版。

[24]赵国权、苗春德著：《南宋教育史》，上海古籍出版社2008年版。

[25]张瑞君著：《南宋江湖派研究》，中国文联出版社1999年版。

三、单篇学术论文(按时间顺序)

[1]张宏生：《融通与超越——论刘克庄诗》，《漳州师院学报》1994年第1期。

[2]张瑞君：《刘克庄与陆游杨万里诗歌的继承关系》，《河北大学学报》1995年第4期。

[3]明见：《刘克庄的诗教观与中国儒家诗教的演化》，《甘肃社会科学》2003年第2期。

[4] 王述尧：《从几种选本中看刘克庄诗歌的接受》，《社会科学家》2003 年第 6 期。

[5] 王述：《刘克庄研究综述》，《古典文学知识》2004 年第 4 期。

[6] 王锡九：《刘克庄的"唐律"观》，《安徽师范大学学报》2007 年第 2 期。

[7] 王明建：《从老庄到刘克庄："自然"美学观的发展之路》，《文学评论》2007 年第 2 期。

[8] 王锡九：《刘克庄的"锻炼"说》，《江苏教育学院学报》2007 年第 2 期。

[9] 王锡九：《略论刘克庄在江西诗派体系建构中的贡献》，《南京师范大学文学院学报》2007 年第 1 期。

[10] 侯体健：《国色老颜不相称 今后村非昔后村——百年来刘克庄研究的得与失》，《长江学术》2008 年第 4 期。

[11] 王水照：《南宋文学的时代特点与历史定位》，《文学遗产》2010 年第 1 期。

[12] 侯体健：《刘克庄诗文中的地域印记及其精神归宿》，《文艺研究》2010 年第 8 期。

[13] 张振谦：《试论"学诗如学仙，时至骨自换"之内涵》，《内蒙古大学学报（哲学社会科学版）》2010 年第 4 期。

[14] 周炫、陈建森：《从师友交游看刘克庄的文学及仕途》，《学术研究》2011 年第 9 期。

[15] 侯体健：《刘克庄的文化性格与其文学精神的塑造》，《文学遗产》2011 年第 4 期。

[16] 侯体健：《刘克庄的乡绅身份与其文学总体风貌的形成——兼及"江湖诗派"的再认识》，《中山大学学报》2011 年第 3 期。

[17] 侯体健：《论刘克庄晚年诗歌主流——从"效后村体"谈起》，《北京大学学报》2012 年第 4 期。

[18] 杨芙：《刘克庄对黄庭坚的诗学批评》，《当代文坛》2012 年第 2 期。

[19] 刘洋、程章灿：《刘克庄为何爱用本朝事？》，《古典文学知识》2012 年第 5 期。

[20]孙培:《刘克庄诗歌中的释道二教》,《渭南师范学院学报》2013年第10期。

[21]常德荣:《南宋中后期士人分化与诗坛新变》,《社会科学研究》2013年第3期。

[22]孙培:《论刘克庄〈梅花百咏〉唱和活动的多重意义》,《福建师范大学学报》2014年第2期。

[23]周炫:《刘克庄与艾轩、湘乡学术渊源探究》,《文艺评论》2014年第4期。

[24]何忠盛:《论道家自然美学观与刘克庄的"本色"诗论》,《绵阳师范学院学报》2014年第9期。

[25]侯体健:《南宋祠禄官制与地域诗人群体:以福建为中心的考察》,《复旦学报》2015年第3期。

[26]何谦、刘敏:《试论刘克庄佛禅思想对其文学和学术的影响》,《中华文化论坛》2015年第8期。

[27]何忠盛、赵晓燕:《论刘克庄对山谷体和江西诗派的研究》,《绵阳师范学院学报》2015年第7期。

[28]何忠盛:《论刘克庄的理学思想与文学创作》,《绵阳师范学院学报》2015年第3期。

[29]孙盼盼:《刘克庄〈后村诗话〉对梅尧臣诗歌的批评与接受》,《湖北文理学院学报》2015年第9期。

[30]侯体健:《"江湖诗派"概念的梳理与南宋中后期诗坛图景》,《文学遗产》2017年第3期。

四、硕士、博士学位论文(按时间顺序)

[1]杨艳宏:《刘克庄病中诗研究》,新疆师范大学2016年硕士学位论文。

[2]詹丽琴:《刘克庄六言诗研究》,江南大学2013年硕士学位论文。

[3] 赖洪兵：《刘克庄〈后村诗话〉研究》，集美大学 2013 年硕士学位论文。

[4] 沈洪良：《刘克庄咏物诗研究》，重庆师范大学 2011 年硕士学位论文。

[5] 王红丽：《宋人唐诗观研究》，华南师范大学 2007 年博士学位论文。

[6] 何忠盛：《刘克庄诗学思想研究》，四川大学 2007 年博士学位论文。

[7] 彭娟：《刘克庄唐宋诗学史观研究》，暨南大学 2006 年硕士学位论文。

[8] 孔妮妮：《南宋的学术发展与诗歌流变》，复旦大学 2004 年博士学位论文。

[9] 王述尧：《刘克庄研究》，复旦大学 2004 年博士学位论文。

[10] 王明建：《刘克庄诗学研究》，河北大学 2003 年博士学位论文。